傷だらけの幸せ?
飛鳥
Asuka
リョーワ

この物語はフィクションです。また、本書中に、現在では差別的で不適切な語彙や表記がありますが、作品の時代背景や作者の意図などを考慮して原文のままといたしました。

傷だらけの幸せ？ ―目次―

序章

ドラマチックな出自

国道一号線は、東京の日本橋を起点とし多摩川大橋を渡り、終点の大阪へと続く約七五〇キロメートルの主要幹線道である。

その広い道の馬込あたりを、父と幼い息子を乗せた一台の外車が駆け抜けていった。幼い息子は、三カ月前に入園したばかりの幼稚園の園長先生から、「真砂修二さん。あなたは明日からもう来なくていいです」と、前日にクビを宣告されたばかりだった。

父の愛車である真っ赤なMG－TDの後部座席は、幼い子どもにとって残念ながら乗り心地がいいとはいえなかった。それでも、退屈な幼稚園での日々と比べれば、いろいろな場所に行けることが楽しいような気もしていた。

のちに姉には、
「きっとおまえはうちにいても悪さばかりするから、お父さん、外に連れ出したんじゃないの」
と笑い混じりの悪口をいわれたが、不器用な父の愛情表現だったのかもしれない。あるいは、仕事で儲けられるようになったからと、ちょっといい気になって、息子を私立の仏教系の幼稚園に通わせたことを後悔していたのかもしれない。

真砂修二は一九四八年一月一日の生まれである。前年四月には学校教育法が施行され六・三・三・四制が発足、五月には日本国憲法が施行されている。そして、修二誕生の日には、皇居の正門鉄橋、通称二重橋が開放され、二十三年ぶりに一般参賀が再開されてもいる。

そうした新しい時代を迎えていた一方で、帝銀事件や寿産院事件など世間を騒がせる事件が多発し、いまだ戦争直後の混沌とした時代でもあった。

修二の父である真砂修は、ロシア人の父、アレクサンドル・イワノフと、日本人の母、玉緒の長男として日本で生まれた。ロシアに帰国したアレクサンドルが再び日本に戻ることはないだろうと、母親が諦めながらも、故郷である茨城県伊奈町（現在のつくばみらい市）で秘密裏に産んだ子だ。戸籍もなにもない状況だったこともあり、取り上げた産婆の「真砂」という戸籍を買って息子の姓とした。アレクサンドルが玉緒を迎えに再来日する前に、玉緒は前川家の正妻に入っており、すでに修とは異父兄弟となる子どももあり、アレクサンドルと一緒になることはできなかった。

修は、第二次世界大戦中、日本軍の機関でスパイ養成のためにロシア語を習得させられていた。とはいっても、教えてくれる人材はほとんどいなかったので、独学で覚えたとも語っている。ただ、戦地に赴き諜報活動をすることはなかった。

修は、一時期、戦前戦後を通じ日本のバレエ界を牽引、多くの指導者やダンサーを輩出した山口絹代バレエ団に所属していたことがある。ほかにも、さまざまな仕事を転々とする。

橋本孝枝と結婚し、西永福の牛乳店の二階に貸間住まいをしている頃、次男の修二が誕生した。修二の上には、四歳上に姉の貴子が、二歳上に兄の修一がいた。

物心ついた頃から修二は近所でも評判のやんちゃな子どもだった。彼が二歳のとき、設立されたばかりの建材業「二子興業」に父が就職したことで収入が安定した。時代の波に乗ったのと、父の営業力もあって事業は成功を収め、修二が三歳になる頃には、梅丘に約五十坪の自宅を構えることができた。大家に気を遣わないといけない貸間暮らしとは違って、のびのびとした環境になったことも、修二のやんちゃぶりに拍車をかけたと思われる。

新しい家は、羽根木公園にほど近く、小さいながらも鶏などを飼育する鳥小屋が器用な父の手でつくられ、池のある庭には果樹を植え、ポチと名づけた雑種犬を飼うようにもなった。

修二は、近所でヘビを捕まえては家の中まで持ち込み、母や姉に「キャーキャー」いわせたり、二歳上の兄とも取っ組み合いのケンカをするなど、どんどん活発な子どもに育っていった。

新居に移ってすぐ、修二は右足を複雑骨折した。それは小学校六年生まで、大きな病院で定期的な検査が必要なほどの大ケガだった。しかし、そんなことはおくびにも出さず、高学年になると、いっぱしの暴れん坊になっていった。

現在もその古傷は、膝の痛みとなって現れる。どうしてそんな大ケガを負ったのか。本人には記憶がなかったし、両親はその原因を最後まで教えてはくれなかった。原因はいまだに謎であるが、このようになにかとトラブルの絶えない修二であった。

安定した生活を得たことで、父は下の息子には教育を施さねばと考えたのか、はたまた己の自己満足のためか、次男の修二を私立で仏教系の徳明幼稚園に通わせることにしたのだった。

それまで、父母や四歳上の姉からの庇護のもとで育った修二にとって、幼稚園という新しいテリトリーは脅威を感じる場所だった。

身体が小さかったこともあるが、実は元来、臆病者だったからである。

しかし、一人だけでも仲間ができると行動的になったし、それが二人になれば気分が高揚し、もっと大胆な行動に出ることができるようになった。幼稚園が愉快な場になっていったのだ。

幼稚園に通うようになった修二のやんちゃぶりは、それまで以上に拍車がかかっていった。入園後、幾日もたたないうちに数人の子分ができたことで、小さないたずらだったものが、日を追うごとにいたずらの範疇を超えるようになっていった。

そして、とうとうあの日が訪れた。

幼稚園を追放された木魚事件

通う先がキリスト教系の幼稚園なら、礼拝をおこなったり讃美歌を歌ったりするのだろうが、徳明幼稚園では、毎朝、先生と園児全員でお経を唱えることから一日がはじまる。園児たちには、人数分の小さな木魚が用意され、灯明もあげていた。

その日、なぜあんなことになったのか…。

たまたま目を留めた木魚を踏んづけたら、つるりと滑って転んでしまった。

「痛ってえ」

尻をさすりながら立ち上がろうとしたとき、周りには誰もいないと思っていたのに、

「やーい、しゅうちゃんがすべった」

という声がした。声のしたほうを見ると、そこには、入園当初から気になっていた女の子の姿があった。すぐに逃げていってしまったものの、修二は恥ずかしさと怒りでいっぱいになり、無性に腹が立った。

すぐさま木魚を持って外に出て、幼稚園のブロック塀に両手で力いっぱい投げつけた。気がつけば子分たちが周りに集まってきていた。

「おまえたちも、やれ」

と焚きつけ、皆で何度も叩きつけた。最後には木魚は無残な姿になった。

それを見た修二は、

「オレ、いいこと考えた」

と子分たちに向かっていった。

灯明用のマッチがあったことを思い出したのだ。子どもは触ってはいけないことになってはいたが、早速、子分を走らせてマッチを手に入れた。修二は、数本束ねて擦

り、こともあろうか木魚に火をつけた。

毎日、松脂で磨かれていた木魚は、子どもたちの予想をはるかに超え、すぐ大きく炎を上げた。悪ガキとはいえ、そこは幼稚園児なので、

「あぁーー」

と声にならない声を上げる者、声も上げられず惚けたように燃え上がる炎を見つめる者、そして半分泣きべそをかく者もいた。

修二はといえば、その火を見て逆に冷静になっていく己を感じていた。


「あなたたち、なにやってるの！」

騒ぎに気づいた先生たちが駆けつけてくる。

「早く、バケツに水を汲んできて！」

「誰がこんなことしたの？」

さまざまな声が飛び交う中、すぐに主犯格が修二であることがバレる。

「なんてことするの。バチがあたるわよ」

といわれても、修二はどこ吹く風といった様子だ。

すぐに母が呼ばれ、先生一人ひとりに頭を下げるその姿を見たときには、さすがの修二も少し胸が痛んだものの、家に帰る頃には何事もなかったような気分になっていた。

その夜遅くに帰宅した父は、母に泣きつかれ、修二を叱ろうとしたが、すでにぐっすりと眠っている我が子をわざわざ起こすこともなかろうと、そのままにした。

こうして、翌日いつものように登園した修二は、すぐさま母とともに園長室に向かうようにいわれ、なんの説明もなく園長からクビ宣告されたのだった。

第一章

小学生親分

真っ赤なブレザーで入学式

木魚事件で退園となって以降、父は得意先に商談に行くときにも、修二を一緒にクルマに乗せ連れていくようになった。のちに姉が語ったように、我が息子ながら、目を離すとなにをしでかすかわからないと思ったのだろうか。

父は元来の話好きだったから、商談先で修二は長い時間待たされることが多かった。土地勘のある自宅近くならまだしも、クルマで出かけて行くような商談先では、さすがの修二もその辺を歩き回るぐらいしかできなかった。

それでも、風を感じながら、父のカッコいいクルマで走り回るのは、悪くない気分だった。こうしたことが、のちに修二がクルマ好きになった理由の発端となったのかもしれない。いずれにしても、父の影響が大きかったのは間違いない。

桜の花が満開となる頃、修二は世田谷区立梅山小学校に入学する。

「え、これ着ていくの？」

入学式の朝、寝ぼけ眼で起きてきた修二は、ハンガーに吊るされた自分のものと思われる洋服を見て、思わずこんな言葉をもらした。

「いいだろう」

父が自慢げにいった。

（まさか、ほんとにこれ着ていくのか？）

と幼心に思ったが、修二は声には出さなかった。そのブレザーは、父のクルマの色と似ていたが、真っ赤なクルマに乗るのと、真っ赤なブレザーで学校に行くのとでは雲泥の差がある。

しかし、もし嫌だといっても聞き入れてはもらえないだろうことは予想ができた。

結局、真っ赤なブレザーという、あまりにも派手な格好で入学式に臨んだ修二は、良くも悪くも注目を浴びることになる。

いや、悪くも悪くもというべきで、登校初日から目をつけられ、

「おまえ、チンドン屋か」

などとはやし立てられ、笑い者にされた。

さらに、修二は顔のことでもいじめられた。アゴがしゃくれていたので、いじめっ子はこれも笑いのネタにした。修二もそれを気にしていて、アゴが引っ込むように、自分で押さえつけるのがクセになっていた。

その頃の修二は小柄だったこともあり、いじめっ子たちからすれば格好の餌食に見えたのだろう。そうしたいじめが広がっていき、とうとう手を出す子どもも現れた。ただし彼らには誤算があった。それは、修二が、無類の相撲好きの父とよく相撲を取っていて、予想外に腕力が強かったことだ。また負けず嫌いな性格で、売られたケンカは必ず買うことに決めていた。

とはいえ、修二は身体が小さいから持久力はあまりない。

そこで、先手必勝とばかり、相手がつかみかかってくる前に頭突きを食らわせる。相手が怯んだスキに足をとって転ばす。小学生のケンカではそれくらいで勝ちを得られた。

負けた相手は子分にした。ただし子分になったら、そのあと暴力は振るわないことを自分の〝掟〟にし、呼び名も「まっちょ」と親しみを込めた呼び方を許した。一度子分になると、離れていく者はいなかった。

四年生のときには、六年生になっていた兄がいじめに遭っていると聞き、子分を引き連れ、相手のほうの人数が多くても怯むことなく、果敢に戦った。

兄は、中学になってからも、「ちょっくら」などという不名誉な呼ばれ方をされ、いじめられる弱い面があった。ケンカのたびに名を上げ、負けた相手を次々に子分にしていき、彼らから慕われている修二とは、対照的な存在だった。

悪ガキ仲間は警官の子息

小学校生活を通して多くの時間をともにした、警察官の息子で同級生の高梨文弥は、最初は修二をいじめる側の一人だった。ただ、高梨家の住まいが近所の警察の寮で、帰る方向が一緒だったので話す機会も多かった。そのうち意気投合して、行動をともにするようになる。どんな行動かといえば、インチキしてベーゴマを相手から巻き上げたり、そんなちょっとした悪さに決まっていた。

二年生に上がったある日、文弥は修二の席までやってきて、

「まっちょ、いいもの見せてやろうか」

といって腕をとり、教室の隅まで行くと、半ズボンの腹のところに挟んでいたものを取り出した。柄の部分にちょっとした細工をしてある折り畳み式のナイフだった。

「どうしたんだよ、こんなもん。おまえのか？」

修二が聞くと、

「いや、兄貴の机の引き出しにあったから、ちょっくら借りてきた」

ニヤニヤしながら文弥が答えた。

「なんかイカすじゃねえか。でも、先生に見つからないようにしろよ」

「わかってるよ。でも、まっちょに見せたかったんだ」

始業のベルとともに、席についた二人は、なんだか共犯者にでもなった気分で、落ち着かなかった。


放課後、皆が帰り、教室には修二と文弥の二人だけが残った。

「さっきのナイフ、もう一回見せてくれよ」

先ほどはちらりとしか見られなかった細工を、もう一度ちゃんと見たくなった修二は、こう声をかけた。

「うん、いいよ」

文弥は、ランドセルにしまい込んでいたナイフを取り出した。

そこに、タイミング悪く教室に入ってきたのはクラスメートの辺見香里だった。日直の日誌を職員室に置いて、教室に帰ってきたと思われる。香里がふいに現れたことに驚いて、文弥は素早くナイフをズボンのポケットに隠した。

香里の家は、修二の家より少し先にあって、朝はいつも迎えにきてくれ、一緒に通学する仲だった。金持ちの娘らしく仕立てのいい洋服を着て、少し赤みがかったほっぺがかわいい。

(文弥って、香里のこと、好きなんじゃねえのか?)

と、常々修二は思っていた。そんな自分もかわいい子だなと憎からず思っていた。

「あら、修二くんも文弥くんもまだいたの」

香里は声もかわいい。

「ああ。そうだ、香里。いいもの見せてやろうか?」

突然、文弥がいうので、修二は驚いた。

「え? まさか、おまえ……」

とっさにそういった修二を無視して、文弥はおもむろにナイフを取り出した。

「なに? え、ナイフ!」

驚く香里の様子を見た文弥は、ちょっと間をおいてパチンと開き、ナイフの刃まで見せた。

「きゃっ」

という声が廊下から聞こえ、パタパタと逃げていくような足音がした。

「文弥、誰かに見られたんじゃねえのか。ヤバいよ」

「大丈夫、大丈夫。ただ見せてただけじゃねえか」

好きな香里の前もあってか、多少強がりとも思える口調で文弥が答える。

「そうだな。俺の心配し過ぎかな。もう帰ろうよ」

このとき、悪い予感が修二をかすめたが、それが本当になるとは知る由もなかった。

知恵袋の親友登場

この高梨文弥が小学校時代からの悪友だとしたら、吉永学は彼とは違い、修二にとって知恵袋的存在だった。

学はやせて背が小さいこともあって、実際に大きい頭がさらに大きく見え、それが原因で「頭でっかち」といじめられていた。大阪で司法の要職にあった父親が、次男の学が小学校に入学するタイミングで昇進し、一家で東京に引っ越してきた。転入した梅山小学校には幼なじみなどの知り合いがいなかったことも、いじめの対象になった理由だったろう。

そんな学と修二が仲良くなったのは、修二にはやんちゃな子どもという一面と同時に、弱い者いじめをするヤツが大っ嫌いという面があったからだ。だから学のことも黙って見ていられなかった。また、文弥と同様、通学路が同じ方向だったことで、自然と一緒に帰るようになり、いろいろ話をしているうちに、学の話題の豊富さを認めていた。

一緒によく遊んだのは学の住む豪徳寺で、小学校のある世田谷代田駅から、修二は自宅のある梅ヶ丘駅では降りずに、次の豪徳寺駅で下車した。駅には子どもが通れるくらいの金網の綻びがあり、そこをかいくぐって出入りし、キセル、つまり無賃乗車ばかりしていた。当時のことだから駅員もお目こぼししてくれていたのかもしれない。

また、世田谷代田駅と梅ヶ丘駅の間には根津山、現在の羽根木公園もあった。その頃の根津山は、まだ防空壕がそのまま残っていて、管理や手入れもあまりされていなかったので、冒険心のある子どもにとっては探検もできる格好の遊び場だった。修二の場合は探検だけにはとどまらず、さまざまなことに「使う」場所ともなった。

高学年になってからは、文弥や子分の木村賢造らと、普段からなにかとケンカを仕掛けてくる柳原伸介を、防空壕に一晩中閉じ込めたこともある。

翌日、登校途中で立ち寄り修二が扉を開けてやると、柳原は惚けたようにフラフラと出てきて、一心不乱に自分の家のほうに向かって走り出した。思えば、柳原の家人は、小学生の息子がいなくなっても、警察に届けるどころか探した形跡もなかった。彼の家が特別だったのではなく、子だくさんの家では当たり前、鷹揚な時代だった。それ以前から、柳原が一晩帰ってこないということが何度かあったらしく、親も慣れっこになっていた。

これが、もし親が警察に届けたりしていたら、修二たちは大目玉をくらっただろう。だが、このことで修二に逆らってはいけないと、肝に銘じただろう柳原本人の口から、家人に「事件」が伝わることはなかった。

一方、修二と学の二人には、いかにも小学生らしい楽しみもあった。

思い出の地である豪徳寺の駅前にあった饅頭屋で、夏限定で売っていたかき氷を食べることもその一つだ。イチゴミルク味、といっても練乳がけではなく、粉ミルクを使用したイチゴミルク。それでも、甘いものを渇望していた当時の小学生にとっては、とてつもなくおいしいおやつだったのである。

それから、松原に本社工場のあった「紅梅キャラメル」も思い出深い。学の家から十軒ほどしか離れていないこの工場では、生産ラインに入り込んで、成型する際の切れっぱしを勝手にもらっては一緒に食べた。本当は、それらはまた溶かして使うのだが、工場の人たちは黙認してくれた。小学生が食べる量はたかが知れているし、勤めている人の中には学の父親が誰であるかを知っている人もいただろうから、注意されることもなかった。ちなみに「紅梅キャラメル」は、読売巨人軍の野球選手や監督のカードを、オマケにつけたことで大ヒットした景品販売の走りでもある。

二人が一緒に行動したのは、食べ物絡みだけではない。

二〇〇三年に解体された東急文化会館の八階「天文博物館五島プラネタリウム」にも、よく一緒に通っていた。宇宙に関心があることは、二人の共通点であり、これによって二人の仲は一段と深まった。

修二はいまでも宇宙についての番組を見たり、記事を読んだりするのが大好きで、この頃から変わらない趣味といえる。

小学校三年生になった頃の修二は、日野がライセンス生産をしていた父の愛車ルノーの運転席に乗せられ、助手席の父から運転のレクチャーを受けていた。梶原一騎の『巨人の星』で星飛雄馬をきたえた、父親の一徹のスパルタのようなクルマの運転教習だった。

家のすぐ脇の道路は、いつも格好の自動車運転教習スペースとなっていた。


その頃、学の父親がさらに昇進し、彼の一家は、もとは大名の上屋敷だったという邸宅に移ることになる。

敷地が千坪以上もある大豪邸の庭には、樹齢百年以上の木々が立ち並び、池も何個かあったがなぜか水は張られていなかった。学には、親子ほど年の離れた兄や姉たちがいて、父親が五十五歳のときの子どもだった。その幼い息子になにかあってはいけないと、心配してのことだったかもしれない。

驚くほどの部屋数があったのに、なぜか学の部屋はなく、廊下のどん詰まりの一角が彼のスペースだった。とはいっても廊下の幅は七~八メートルもあり、十畳以上の広さがあった。


学との小学校時代のエピソードで、特に思い出深いのは、六年生になってからのこと。吉永邸の庭にある樫の木の中でもいちばん太いと思われる木に、父が鳥小屋の修理に使ったあまりの建材を運んで、二人でつくった秘密基地だ。

そこではこんな言葉も交わした。

「まっちょ、まっちょは大きくなったらなにになりたい？」

「そんなこと、俺は考えたこともねえよ。学、おまえは？」

「僕？　僕は…。やっぱりお父さんのような立派な職業に就くことかな。まっちょもお父さんの跡を継ぐんじゃないの？」

「いや、俺はもっと大人物になる！」

「大人物って？」

「そんなの俺にもわかんねえよ。とにかく、たくさんの子分たちの上に立つ！」

「それっていまとおんなじじゃん」

そのあと、二人で笑い合ったのを、修二は六十年以上たったいまでも、鮮明に思い出すことができる。

屋敷の裏手にあった、二人用にしては広い女中部屋と彼女ら専用の風呂、玄関脇にあった書生二人の部屋などの様子だけではなく、三十室以上の部屋とつながっている女中部屋の呼鈴なども、それまで修二の世界にはないものだった。それもあり、この記憶もひっそりではあったけれど、ずっと頭の片隅に残っていて、その記憶がときどきひょっこり顔を出すのだった。

当時、すでに弁護士となって独立していた学の兄には、修二は一度も会ったことがなかった。けれども、一緒に暮らしていた二人の姉たちは、明らかに自分を弟から遠ざけようとしている節があり、行くたびに嫌な顔をされていた。そのどちらかは定かではないけれど、実際に学は「中学になったらあの子とはつき合わないほうがいいわよ」といわれたらしい。

また上の姉は、修二の家にまで乗り込んできては、「もうお宅の息子さんと、うちの学とを遊ばせないでください」と母に抗議することを何度も繰り返したという。母もそれにはうんざりしていたらしく、その都度、

「ほかにも友達、たくさんいるでしょ。もう学くんと遊ぶのやめなさいよ」

とこぼした。もちろん、学とも、吉永邸とも縁を切るなんて、修二には考えられないことだった。

この長姉とは、のちに修二のいとこを通じて意外な交流ができるのだが、それは長い年月を経てからのことであった。

修二のいとこにフランスで暮らし、フランス人の夫を持つ今日子がいた。その夫が日本の大手自動車会社のカーデザイナーとして働くことになり、夫婦で住まいを日本に移した。学の長姉はフランス語がしゃべれたらしく、フランス語で会話したいというので、今日子の夫を引き合わせたことがある。

一方、学の父親のほうは、息子が自宅にまで呼ぶ友人は修二だけだったし、もしかしたら学校でいじめられている自分を修二が助けてくれたことを、学が話していたのかもしれない。いろいろしでかす二人を大目に見てくれていた。さらには、木の上に秘密基地をつくり、いろいろなものを持ち寄ったり、ちょっとした悪さをするのにもしばらくは目をつぶってくれた。

秘密基地にした木の枝が道路にまで張り出しているのに目をつけ、修二があるいたずらを思いついたことがある。それは、赤い光を放つよう細工した懐中電灯をぶら下げて、道行くクルマを止めるという単純なものだった。それでも、修二と学にとっては、大人相手にいたずらを仕掛けている高揚感があった。

吉永邸の隣家は大手建設会社の重役宅で、やがて敷地にこっそり入り込んで、クルマに傷をつけるといった悪さをした。

それは学から、

「ちょうど僕が登校する頃、隣の運転手が、道路でクルマを磨いてるんだけど、いっつも、おいおい、そこの小僧。近寄らないで、触らないで。っていうんだ。僕、一度も触ったことなんてないのに。それも、自分のクルマでもないのに、すごく偉そうなんだ。ほんとに腹が立つ」

と聞いた修二が、学が一緒だと気が大きくなり、

「よし、俺、いいこと考えた。そいつの鼻をあかしてやろう」

といったのがはじまりだった。

もちろん犯人とバレないよう、何日か人気の少なくなる時間帯を学と一緒にリサーチすることは忘れなかった。

また、学の長姉の角部屋の屋根から、隣家の風呂場をちょうどいい具合に覗くことができた。学の姉に見つからないように、二人でこっそり屋根に登っては覗くようになる。たまに仲間を呼んで一緒に覗き、その見物客は一人、また一人と増えていった。金を取るという悪知恵はさすがに働かなかったものの、あまり人数が多いと足音で気づかれるだろうからと、人数制限をすることは忘れなかった。

こうしたことがたび重なり、さすがに寛容だった学の父親も怒り、雷を落とされた。それでも、一度だけではあったが、修二も誘ってお抱え運転手に愛車のビュイックを運転させ、江の島までドライブに連れていってくれたことがあった。その後、中学生になっても、二人の仲を裂こうとはしなかった。

ナイフ事件のとばっちり

ここで再び、高梨文弥のナイフ事件に話を戻そう。

文弥がナイフを見せた相手、辺見香里は、修二とは一緒に通学する仲だったし、女の子にしては肝が座っている子どもだったので、教師に告げ口などする由もなかった。ただし、たまたま文弥がナイフを香里に向けているのを、廊下から見ていた同級生が、次の朝、担任にそのことを告げたため、職員室では大問題に発展していた。

それでなくても、修二と文弥の二人は、いたずらばかりして教師たちに目をつけられていた。水の入ったバケツを持って廊下に立たされたとき、遠心力よろしくバケツを振り回していることがバレ、職員室内に立たされたこともあった。それにもかかわらず、授業に飽きたら勝手に帰宅することもあった修二は、要注意児童とされ、特に目をつけられていた。

「たまたま見た子の話だと、ナイフを持っていたのは高梨くんだったようですが、それも真砂くんがそそのかしたのかもしれませんね」

ある教師からは、そんな発言が出たくらいだ。


これには、校長の修二への復讐心が拍車をかけた節がある。

というのも、校長が、事故などがあった際に助けやすいとの理由から推進していた「男子全員プール授業は赤フンで」というルールに反発し、修二は入学以来プールでの授業をボイコットし続けていた。

それだけではなく、「だったら女子も赤フンにしろ」といい張る修二を、校長は苦々しく思っていただろう。前の学校では海水パンツだった転校生なども、赤フンを嫌がっており、結局は「男子は赤フン」は廃止された。ただ、戦後、民主主義国となったとはいえ、校長の考えに教師ですら逆らえる状況ではなかった。ましてや小学生に意見された校長はプライドを傷つけられ、いつか復讐をと、その機会をうかがっていたとしても不思議ではなかった。

そんな修二と文弥の二人が呼ばれる前に、まず、被害者として名前の挙がった香里が職員室に呼ばれた。

「辺見さん、昨日、あなたが真砂くんと高梨くんにナイフで脅されるのを見たという人がいるのだけれど、本当かしら?」

いきなり担任にそう切り出された香里は、一瞬、驚いて目をパチクリさせたが、すぐにこう答えた。

「いいえ、私、脅されてなんかいません。あれは高梨さんが面白いものを見せるといって見せただけです」

香里が一生懸命事情を話しても、教師の目には怯えて本当のことをいえないのだろうと映った。ただし、学校としては大事にしたいはずはなく、緘口令が敷かれた。

それでも、人の口に戸を立てることはできず、修二と文弥は、ますます「問題児」としての注意度を上げる結果になってしまった。

最後まで二人をかばい、職員室で一生懸命に真実を伝え続けた香里の努力は泡と消えたものの、卒業するまで修二とは仲の良い友人であり続けた。

高梨文弥とは、ほかにも多くのエピソードがあるが、なかでも痛快といえるのが、近くの桐谷養護学校に当時、人気絶頂だった力道山が慰問に来たときのエピソードだ。修二と文弥も一目見たさに学校の前まで行ったものの、すでに力道山は中に入ってしまっていた。学校前には、力道山が乗ってきたベンツが停めてあり、周囲を若手のプロレスラーと思しき屈強な男が見張っていた。

せっかく来たのに、力道山を見られなかったことが悔しく、またいつものいたずら心がわいた二人は、たまたまポケットに入っていた釘を取り出し、こともあろうかその屈強な男の目をかすめ、車体に傷をつけ、一気に逃げた。それに気がついた見張りの男はすぐに追いかけてきたものの、その重い身体のせいか足が遅く、まんまと二人は逃げおおせた。

その桐谷養護学校には、ポール・アンカが慰問に訪れたこともある。

このときは、自宅の庭のように知り尽くしていた学校の体育館に、こっそり文弥と忍び込み、二階の通路という特等席でリサイタルを堪能できた。リンゴをかじりながら見ていて、紙テープ代わりにポールめがけてリンゴを投げたが、さすがにステージまでは届かず、ステージと客席の間にぽとりと落ちた。

誰かが気づいても不思議はなかったが、みんなそれどころではなかったのだろう。リサイタルが終わったあと、二人は何事もなく、帰路につくことができた。


小田急線の梅ヶ丘駅や世田谷代田駅のあたりは、線路沿いに盛り土がしてある。片方には家が建ち並び、反対側は道路だった。そこに子分たちを集め、線路内にこっそり忍び込み、五寸釘など長い釘を線路に置いてぺったんこにし、手裏剣をつくったりしていた。


駅の近くには、大木道夫という同級生で小生意気なヤツの家があり、当時は木造だったので、ちょっとした悪さをしようと手製手裏剣を投げたが、なかなか刺さらない。あくる日、文弥がわざわざ先を磨いてきて、

「これなら刺さるぜ、きっと」

と得意気にいった。先の尖った手裏剣は今度は面白いようによく刺さり、ほかの子分たちも手を叩いて大喜びした。

卒業文集に秘められた裏事情

修二が小学校を卒業する三月には、ちょっとした事件が起きた。

いじめるどころか、かかわった記憶もまったくない坂本良子が、卒業文集に修二のいたずらを挙げ連ねた「キチガイ」という題の文章を寄せ、こともあろうか、担任がそのまま文集に載せてしまったのだ。

その内容はほかの児童に水入りのバケツを限界まで回させて、その児童が水をかぶってしまったなどといった、たわいもない内容ではあった。しかし、修二はそれを書いた女子児童よりも、そのまま載せた担任に腹が立ち、職員室まで乗り込み抗議した。

担任は驚いたふうもなく、

「おまえ、気づいてないのか。良子はおまえのことが好きで気を引きたかったから、あんなことを書いたんだよ。かわいいじゃないか」

といい放った。

ろくに口を聞いたこともないような相手に「おまえのことを好き」といわれても、実感がわかず、たじろぐ修二を相手に、

「あれだけやんちゃしてきたおまえも、女の子には奥手なんだな」

と担任は笑った。

この担任の言葉を、修二はそのあと何度も思い出すことになる。

第二章

中学生組長

「真砂組」を築く

一九五九年四月、真砂修二は世田谷区立赤沢中学校（赤中）に入学する。中学校は根津山一帯の緑地に面しており、警察署にも隣接していた。学区が違うことから吉永学は桜上水の森下中学校に入学し、最寄駅もそれぞれ梅ヶ丘駅と下高井戸駅と離れ離れになった。それでも、小学校時代ほど密ではないが、一緒に過ごすこともあり、変わらず親友といえる存在だった。

のちに修二が、モトクロスに挑戦したり、バンドを始めたりするきっかけとなる加藤健を紹介してくれたのも学だった。

中学校は、いくつかの小学校から入学してきた生徒たちが一緒になる。各小学校でボス的存在だった生徒たちは、新しい縄張りのトップとなるのは自分だとばかりに虎視眈々とその座を狙っていた。

修二には特段そんな思いはなかったのだが、近隣の小学校にも修二の名前は響き渡っていたようで、すぐ難癖をつけてくる生徒がいた。同級生だけではなく上級生からも目をつけられ、体育館裏に呼ばれたことも一度や二度ではない。

赤沢中学校には、

「なんでこいつは、そこまでやるんだ？」

と修二でさえ思うような〝ワル〟が数多くいた。

その一人が、のちに全国的な反社組織の幹部になる竹内剛志である。

言葉より先に手が出るタイプの竹内は、知能犯的な修二とは反発しあう存在だった。一年生の時は同じC組だったが、体育でバスケットボールなどをすると、真砂チームと竹内チームに分かれて、敵対心むき出しの激しい試合になった。そのため修二と竹内は、一年生のときには教師たちから要注意人物としてチェックされていた。二年生のときには、修二がA組で竹内がJ組と、最も教室が離れるようにクラス分けされ、なるべくトラブルが起きないように配慮された。

修二のクラス担任の谷本は放任主義で、修二の周囲に漂う不穏な気配に薄々気づいてはいたのだろうが、特になにもしなかった。もっとも、修二は、教師がなんとかしてくれなくても、自らの力でどんどん子分を増やしていき、上級生の番長にも気に入られる存在となるなど自己防衛をはかっていた。

最初のうちは、難癖をつけてきた相手と渡り合い、勝利を収めることでその相手を子分にし、数を増やしていた。そのうち「子分になりたい」と自ら希望してくる者も出てくるようになる。そうした相手には、必ず試練というか、度胸試しとしてまずはボコボコにする。そうされても何度でも向かってくるような根性のあるヤツだけが、子分として合格というわけだ。

そうして勢力を広げた結果、一年生のときに、教師からは「真砂組」と呼ばれるようになる。修二の一派「知能犯の真砂組」と、「武闘派の竹内一家」は、二大勢力であり続け、何度も教師の手を焼かせることになる。

憎めない子分「たっちん」

そんな修二には、中学入学後しばらくして、気になる存在になったクラスメートがいた。

といっても女子ではない。それが、山中達也だった。一方的に敵対心を持ち、なにかと修二に因縁をつけてくるワル中のワルで、小学校の同級生でもある佐々木岳に、理不尽なことでしょっちゅういじめられていた。

達也は、手グセの悪いダメダメな生徒ながら、のちに、修二から「たっちん」と呼ばれ、かわいがられる子分となる。また、たっちんから「まっちょ」と呼ばれるのを許すほど修二とは親しくなるのだが、中学入学当初は佐々木に目をつけられ、たっちんは散々な目に遭わされていた。

修二も、日頃の素行で他人をとやかくいえる立場ではない。けれども、佐々木とは浅からぬ因縁もあり、たっちんの哀れな姿を見るたびに、弱い者いじめが嫌いなことも相まって、気になってしまうのだ。教師にとっては、修二とはまた違った意味で手を焼いていた佐々木は、徒党を組まず、どちらかというと一匹狼的な存在であった。

そんな佐々木と修二の因縁とは、二人がまだ小学校高学年の頃の話だ。

ある日修二は、佐々木がカッコ良く鉄棒から「飛行機跳び」をする姿をたまたま目にした。佐々木が運動場を去ってから、「あいつにできて、俺にできないはずはない」と張り合う気持ちになり、同じように鉄棒から跳んだ結果、囲いの鉄柵にしこたま後頭部を打ちつけてしまう。その衝撃で、一時的に記憶をなくしたようで、その日一日、家に帰ることができなくなるという苦い経験があった。

町中をあてもなくさすらっていた気もするが、とにかく翌日の昼頃になってやっと記憶が戻り、なんとか自分の家にたどり着くことができた。母と姉からは、

「どこに行ってたの、本当に心配で眠れなかったのよ」

「夜じゅうずっと探し歩いたんだから」

と叱られたが、それに答える元気さえなかった。

このときできた頭のへこみは、まだそのままである。

もっともこれについては、修二の一方的な佐々木への思い込みじゃないかといわれれば、反論の余地はない。

飛行機跳びは、小学校高学年男子のあいだではダントツの人気の遊びで、誰もが遠くまで跳ぼうと懸命に練習していた。

たまたま修二が見たときには、美しい飛行機跳びを披露した佐々木も、その後、失敗して両腕を骨折しギプス姿になるという悲劇に見舞われている。それなのに佐々木は、そのギプスを武器にし、気に食わないヤツを殴るなどしていた。骨折ぐらいでは彼の凶暴性を失わせることはできなかったというわけだ。

佐々木は中学一年生のときに、林間学校に行った秋川渓谷で、たっちんのカレーの中に土を混ぜて食わせるという無慈悲なこともした。また、急に「おまえ、セミやってみろ」と、たっちんを木に登らせ、セミの鳴き声をまねさせておきながら、

「セミが服着てるなんておかしいだろ」

といい出し、たっちんをスッポンポンにした。

さらには、そのスッポンポン姿で、無理やり女子生徒のバンガローまで行かせた。生徒がそんないじめを受けていても、一緒にいた教師たちは知らん顔だった。竹内と違い、佐々木は誰かと徒党を組んでいるわけではなかったから、教師の誰かが注意したらやめただろうと、修二は思ったのだが、触らぬ神に祟りなしといったふうだった。

そんなことがあったから、いつからか、たっちんの口癖は「俺はヤクザになって、絶対に佐々木を見返してやる」となった。

たっちんには、間抜けなところが多々あった。

中学二年生になり、ある程度、子分が増えた段階で、修二は校舎の天井裏に、小学生の頃、吉永学の家で木の上に秘密基地をつくったように、自分たちが秘密裏に集まる、いわば〝組事務所〟をつくった。とはいっても、学校の机や椅子をこっそり運び出して、天井裏に置いただけではあったのだが。

ここではヤミ購買部のようなことをやっていた。誰かがよからぬ方法で手に入れてきた文房具を、学校が運営する正規の売店より安売りした。当然、生徒の間で人気になり、好調に売れて儲かった。修二の商売人としての才覚は、この頃から芽吹いていたのだ。

天井裏にはかなりのスペースがあったが、梁以外は薄い板が貼ってあるだけの軟弱なつくりだった。だから、歩くときには充分気をつけるよう子分たちには口を酸っぱくしていっていた。にもかかわらず、ある日、天井からたっちんが降ってきた。それも、たまたま生徒指導の教師が通りかかるという最悪のタイミングだった。

もちろん、すぐに組事務所の存在がバレ、撤退を余儀なくされた。

これには修二も最初のうちは、

「バカ野郎！」

と怒りを露わにしたものの、しゅんと小さくかしこまっているたっちんの姿を見ているうちに、

「おまえはよ、本当に抜けてるな」

と、苦笑するしかなかった。

「少年まっちょ&ヴォルク」

自分が通う中学が「荒れた中学」であったことから、修二は突拍子もない行動に出たことがある。

とんでもなく荒れた同級生や先輩のいる赤沢中学校は、本音をいうと、いくら知恵が働く修二からしても「怖い場所」だった。逆に知能犯だからこそ、彼らの圧倒的な暴力におののいていた部分もあった。そこで、自分を護るにはどうすればいいのかと真剣に考える中で思いついたのが、いまにして思えば笑わずにはいられない方法だった。

修二が中学二年生になった一九六〇年には、NHKと民放四社がカラーの本放送を開始し、テレビ、冷蔵庫、洗濯機が「三種の神器」と呼ばれるようになる。しかし、テレビの普及台数は、一九六三年でも、白黒が一六〇〇万台、カラーは五万台程度。それでも、父の新し物好きで相撲好きか、そして家族への罪ほろぼしからか、テレビに関しては近所でもいち早く購入した。近所の子どもたちや親も一緒に「テレビ、見せてください」とやってくることもよくあった。

それまでラジオでしか知らなかった歌手たちが、ブラウン管に映り、動くのだから、大人も夢中になった。当時、歌謡界を席捲していたのは、三橋美智也、村田英雄、春日八郎といった面々で、修二くらいの年齢だと面白くもなんともなかった。それでも、彼らの歌を一日に何度も聞かされていたから、たとえば三橋美智也の『達者でナ』の歌い出しなどは刷り込まれ、歌うことができた。

テレビの普及率が伸びると、番組もさまざまなジャンルにわたって制作されるようになる。子どもをターゲットにしたドラマなども徐々に増えて、修二はいっぱしのテレビっ子になっていった。

主人公である少年ジェットが、愛犬のシェパード犬シェーンとともに名探偵の助手を務めるという内容の人気ドラマ『少年ジェット』（一九五九〜六〇年放映。一九六一〜六二年には続編『新・少年ジェット』が放映）は大のお気に入りだった。

スクーターにまたがり、颯爽と走る主人公のジェットがカッコ良く、修二は放映を毎回楽しみにしていた。

当時、世田谷通りに、いまでいうブリーダーのようなことをしている建材屋があった。「天皇家にシェパードを献上したことがある」というのが売りで、そのことを建材屋のオヤジはしょっちゅう周囲に吹聴していた。

その話を聞きつけた修二の父は、すぐに同型のシェパードを購入し、メスなのにロシア語で狼を表す「ヴォルク」と名づけた。さらには、警察犬の育成コースに半年間参加させ、修二が中学に入る頃には、見た目も精悍で警察犬に劣らないりこうな成犬になっていた。

これ幸いとばかり修二は、自分の中学校までヴォルクに自転車を引っ張らせて通学するようになる。「少年ジェット&シェーン」ならぬ「少年まっちょ&ヴォルク」である。

これがすぐに教師たちの知るところとなり、職員室で説教をされる恒例のコースになる。

　しかし、叱られる一方では気が済まない修二は、

「こんなワルばっかりいる中学じゃ、番犬ぐらいいないと怖くてしようがない。それに、俺の家の犬はおりこうだから、ちゃんと門の外で待っているんだし、学校には迷惑かけてないだろう」

　と反論した。教師たちは、返す言葉がないといった状況だった。

（よし、先公たちをいい負かしてやったぞ！）

とほくそ笑む修二は、その日の帰りもヴォルクを連れて、悠々と帰途につくのであった。

　悲しいことに、ヴォルクは三年後にはフィラリアで天に召されてしまったが、最後まで修二の優秀なバディだった。

ワル・竹内と狂犬・田代

修二との衝突を避けるために、学校側が教室を最大限に離す対策を施すようにした竹内は、実は、最初のうち、修二の仲間に入りたいような素振りを見せていた。修二がそれに対して冷たい態度をとったことから、次第に敵対心を抱くようになり、何度かタイマンを張ったことがある。

あれは何度目のことだっただろう。たまたま近くの窓越しに、たっちんが修二らのケンカを眺めていたことがあった。佐々木からのいじめから逃れるため、四六時中、修二の側にいるようになっていたからだ。

修二と竹内が取っ組み合いになり、どちらかの手が窓ガラスに当たって、ガラスが飛び散った。その破片でいちばんの被害を被ったのがたっちんで、眉間にまで刺さっていた。小さなかけらだったから良かったが、深い傷や少しずれて目にでも当たっていたら失明していたかもしれない。

修二はケンカの最中だというのに、それを見て半ば呆れて、

「おまえは、よくよく運のないヤツだな」

と声をかけたが、こうも思った。

（いや、あれくらいで済んだんだからラッキー・ボーイといえるかもな）

竹内とのケンカでは、痛い思いをしたこともある。パンチで竹内を殴ったまではよかったが、翌日からこぶしがはれ上がり、一カ月もの間、痛みが襲ってきた。当時は、新聞配達のアルバイトをやっていたので、かなり配達に支障をきたして困った。

痛みがいつまでたっても治まらないので、しかたなく医者に診てもらうことにした。レントゲンを撮ると、骨折していたことが判明したが、骨はすでに修二の治癒力で自然にくっついていたのだ。

そんな竹内が、最初に少年鑑別所送りになったのは中学二年生のときで、コンクリートのかけらで相手の頭を殴り、大ケガをさせた事件が発覚したからだった。竹内のワルぶりはどんどん加速し、それらを列挙したら、枚挙にいとまがないほどだ。

そんな竹内には、田代譲二という狂犬のような子分がいた。なにが原因かは知らないが、子分のくせに竹内をコンクリートのかけらで殴ったらしいという噂が立つほどだった。

あるとき、田代が赤中のワルたちとは犬猿の仲にある、近くの私立中学の生徒にボコボコにされるという、親分である竹内の顔を潰す事件が起きる。

怒った竹内は、

「てめえにナイフ持たせてやるから、ボコボコにしたヤツに仕返ししろ」

と田代に命令した。

田代は、何日か根津山で待ち伏せし、自分をボコった相手を見つけるやいなやナイフで刺した。田代は、致命傷とならないように足を狙ったらしいのだが、運悪く大腿部の太い血管を傷つけてしまい、あっという間に血溜まりができた。

刺した田代は、しばらく呆然としていたが、それでも、この様子だと相手は助からないだろうと察したのか、一目散に逃げた。

そのまま小田急線の線路内に入り、特急電車に轢かれて、あっけなく自分も命を落とした。

事故なのか、それとも自殺なのか。人によって意見が分かれたが、このことを知った修二は、

（いくら狂犬と呼ばれていても、ショックだったはず。きっと自殺だろうな）

とため息をついた。

中学校でのたび重なる死

とにかくあの頃の中学は物騒、というか、信じられないくらいすさんでいた。いまも修二はそう思っていて、その思いが払拭されることはない。佐々木、竹内、田代のさまざまなエピソードはそれを如実に物語っている。

それでもまだ、竹内は話ができる相手だった。一方、田代はなにをするかわからない雰囲気を醸し出していた。ナイフ程度では太刀打ちできないと、生徒だけではなく

教師たちも怯えていた。だから、田代の死を知った誰もが「キチガイが死んだ」と大喜びした。そんな時代だった。

（いくらなんでも、大喜びすることはないだろうに）

と修二は思わないでもなかったが、その頃には、武闘派連中から自分を護る手立てをそれまで以上に真剣に考えるようにもなっていた。

その最たるものが、改造した父の空気銃で、それを持参し通学していた。

通常のサイズではすぐに所持していることがバレてしまうので、銃口から二十センチほど銃身を切り落とし、学生服の内側に忍ばせていた。銃身が短いぶん威力は減少するので、相手が学ランを着ていれば内出血させるくらいしかできない。また、照準を定めにくいのも欠点だった。修二が実際にそれを撃ったのは一度きりだったが、それでも抑止力にはなった。

銃刀法が施行されたのは一九五八年で、それ以前は、普通の一般人でも、空気銃を持っている者は珍しくなかった。法律が施行されたあともそのまま持っている者も多かった。そうした背景もあり、学校に空気銃を持ち込んでいた生徒はいるにはいたが、さすがに銃身を短くしていたのは修二だけだったろう。

たっちんは、佐々木以外の同級生にも執拗にいじめられていた。

その同級生は木島司といった。あれはいじめというよりも、まるで日課や条件反射でもあるかのように、たっちんを見かけると必ず追いかけていっては、足の遅いたっちんにすぐに追いつき、殴ったり蹴ったりしていた。

だからといって木島は手のつけられない乱暴者という類の生徒ではなかった。普段は、同じ赤中のかわいい彼女と二人でいちゃついてばかりいて、たっちん以外の生徒、特に修二のような生徒にはかかわろうともしなかった。

ところが、三年生になってしばらくしてから、その彼女が、修二の友達に心変わりしてしまう。

ある日、朝礼で、木島が死んだことが全校生徒に告げられたとき、

(きっと彼女の心変わりを苦にして自殺したのだろう)

と修二は察知した。そして、卒業アルバムに木島の写真が載ることはなかった。

彼以外にも一緒に入学した生徒が、その後、転校したわけでもないのに卒業アルバムに載っていないケースがあり、その理由が妊娠という女子生徒もいた。修二たちの一学年上の世代は相当なワルが数多くいて、在学中に妊娠した女子生徒は一人や二人ではなかった。卒業式直前には音楽教師が耳を引っ張られて校舎の裏に連れて行かれたという目撃情報もあったし、ほかにも暴力を振るわれた教師が数名いることは公然の秘密だった。

「本当にいろんな事件のある、とんでもない中学だったんだよ」

とは、のちに酒席などで、中学校でのさまざまなエピソードを面白おかしく語ったあとで、修二がよくいった決め台詞だ。

大変なことがいろいろあった中学校だから、さすがに、墓場まで持っていかねばという内容もあり、それについては酒席であっても修二は口にすることはなかった。

真砂組長と愉快な仲間

壮絶ともいえる事件がたびたび起きた学校生活の中でも、真砂組の仲間たちや同級生と過ごす時間はそれなりに楽しかった。

たとえば、いつもポカばかりのたっちんだが、彼の友人には思いがけない人物もいた。その一人がのちに芸能人になり、印象に残る歌唱と愛称で一世を風靡した小杉太一だった。実家がレコード店だったこともあり、幼い頃からジャズを聴いていたという小杉は、修二にとっても稀有な友人となった。

中学三年生になり、うるさい上級生がいなくなってから、修二はさらに商売人としての才能も開花させていく。ただし、知能犯真砂組のトップらしい商売だったが…。

当時の中学がほとんどそうだったように、赤沢中学でもまだ給食はなかった。生徒たちは弁当を持参するか、学校の売店で販売しているパンを買うかだ。朝に注文をとったパンを昼休み前にパン屋が届けるのを見計らって、子分に盗みにいかせ、それを半値で売るという商売である。

発案者は、渋谷でオーダーメイドの楽器販売をしている羽振りの良い父親を持ち、学習塾や英語塾にも通っていた米沢壮馬だった。米沢は合気道も習っていて、修二は見よう見まねで教えてもらった関節技を習得し、自分の武器の一つとしていた。

裕福な友といえば吉永学がいたが、商売をしている米沢家は、吉永家とは違い、自由な雰囲気だった。なにより米沢の家族は、息子の友人たちをいかにも「ウエルカム」といった様子で迎えてくれた。

父親が新しもの好きでいろいろ珍しいものが家にあり、修二が、一九五七年に本格的に日本向け販売がはじまったコカ・コーラを初めて飲んだのも、米沢の誕生会だった。その場にいた誰もがその味に驚いた。彫りの深い顔立ちで筋肉隆々とした身体の米沢は、何事にも中学生離れしていた。ただ、足の速い友人に、近所に住む有名女性歌手の家の呼び鈴を押してピンポンダッシュさせ、近くで仲間たちと一緒にそれを見ては、みんなで大笑いするというお茶目な一面もあった。

その実行役でいちばん活躍したのはカメラ屋の息子で、お調子者を絵に描いたような高田久人だ。仲間に大ウケすると思ったら、絵の具を溶かした水を飲むことさえもいとわないヤツだった。


高田は、金がなくて買えないからと、万引きしてしまうほどのエロ本マニアでもあり、

「根津山あたりに行けば、エロ本、結構落ちてるぜ」

といったことがある。

その言葉にまたまた修二は「ピン」ときた。商売人としての勘が働いたのだ。

すぐに子分たちに根津山にエロ本を拾いに行かせ集めさせた。それを安く売り、買えない相手には貸本をはじめた。思春期の男子生徒たちには大ウケで、ここでも商売は繁盛した。

ただし、これには残念な結果が待っていた。

親に見つかったバカのせいで学校に知られてしまい、廃業に追い込まれたのだ。中

学三年間ずっと同じクラスだった、相当にエロ本好きの生徒が久我彰浩だった。まさかのちにテレビの情報番組で司会を務め、社会問題を真面目に語る時代がやってくるとは、このときは思いもよらなかった。

久我は、有名人になっても同級会に必ず顔を出し、中学時代から変わらぬ軽やかなシャベリでいつも会を盛り上げてくれている。

ほかにも、数少ない同級会の常連で、昔のことをよく覚えていて、みんなが忘れているエピソードを披露する者。中堅ゼネコン屋の息子のバイク仲間で、金の使い方がちょっとピント外れで、間の悪い同級生もいた。

また、東大出身の父親を持ち、なぜか中学時代に自らを意味不明の「ばいこう仮面」と称し、遠くから修二の姿を見つけると、大きな声で「ま、さ、ご、さーん!」と呼ぶ森和哉も同様だ。大人になってからは、時間の融通がきくからとゴミ屋稼業に就き、還暦を過ぎてからヘリコプターの免許を取得するなど、修二には理解不能の超ユニークな同級生である。

ユニークなエピソードといえば、やっぱり忘れてはならないのがたっちんで、修二たちがいろいろな商売に使っていたリヤカーでもひと騒動起こしている。

ある日、一緒に引かずにリヤカーの上に乗っていたたっちんは、リヤカーを引く修二が蹴つまずいた拍子に転げ落ち、リヤカーの鉄の持ち手に顔から派手にぶつかった。歯を三本折り、中学生と思えないほどワンワンと大泣きするたっちんを見て、怒るのも忘れ、修二はまた苦笑いするしかなかった。

たっちんはどういうわけか、中学生の同級生よりも、陶山サトという生徒指導の女教師を慕っていた。NHKの朝ドラの主人公にもなった植物学者の一番弟子を自称する陶山もたっちんをかわいがっていた。

当時は五十歳でも「おばあさん」といわれるのが普通だったから、その教師は「おばあちゃん先生」とも呼ばれていた。熱心な共産党員であり、全国標準学力テストの日には、数人のほかの共産党員の教員たちと一緒に、必ず学校を欠席した。

彼女は授業中にもよくその植物学者の自慢をしていた。いわく、

「戦時中は食べるものがなくってみんな難儀したわ。うちでは家庭菜園で野菜をつくっていたし、なにより、先生のおかげで食べられる雑草を見分けることができたから、周りの人たちから一目置かれていたのよ」

また、面白い口癖の持ち主でもあり、それは、

「おっとっとっと」

という、一風変わったもので、修二が悪さをすると、すかさず、

「おっとっとっと、真砂くん。ダメだよ、そんなことしたら」

という声が飛んだ。

経堂にあった陶山の自宅を、修二もたっちんと一緒に何度か訪れたことがあるが、たっちんはしょっちゅう出入りしていたようだった。このように、たっちんは、高校生になってからも思いがけない場所でアルバイトをしているなど、修二を驚かせることがたびたびあった。

佐々木のあっけない最期

そんなたっちんをいじめ尽くしていた佐々木は、思いもよらない最期を迎える。

都内でも指折りの優秀な私立大学付属高校に通うようになった佐々木は、シベリア鉄道でヨーロッパに向かうという夢を叶えるため、修二の家の近くのガソリンスタンドでアルバイトをしていた。それをたっちんに伝えると、「あいつだけは許さない！ぶっ殺してやる」といつものように息巻いた。

そんな佐々木の姿が、冬のあるときからぱったり見えなくなった。

不思議に思った修二がガソリンスタンドの店員に聞いたところ、

「あいつなら、新潟まで雪下ろしのアルバイトにいって、屋根から落ちて死んだよ」

と、思いもよらない答えが返ってきた。

それを聞いたその足で、すぐにたっちんに知らせると、

「畜生！　勝手に死にやがって」

とすこぶる悔しがった。


いつか佐々木に復讐するために、たっちんは、当時「ワルの巣窟」ともいわれていた私立の高校に入学。さらに、知り合った仲間とのつながりで、新宿のヤクザの組事務所に入り浸っていた。復讐する相手を失っても、足を洗うことはしなかった。対立している組織の組長を刺し、少年鑑別所に送られ、その後は少年院にも入った。

もともと優しい性格だったたっちんのことだから、相手を殺そうとまでは考えていなかったとは思う。だが、組で格を上げるには、対立する組織の組長を痛い目にあわせるのが近道だったのだろう。結局、特別少年院にまで入ることになる。


修二は自分が忙しいこともあり、たっちんとはしばらく疎遠になっていた期間がある。

明大前で偶然再会したときには、

「いま、あるシマを任されているんだ」

と金ピカの名刺を出して肩で風を切っていた。

修二は、

「おまえ、本物のヤクザになったのか。ヤクザなんていいことなんにもないよ」

といったが、たっちんは自分が連れていた相棒なのか、手下なのか知らないが、そいつを親指で指し、

「こいつなに持ってるか、わかる?」

と聞いてきた。

「なに持ってるかって、拳銃でも持ってるのかよ?」

「そう、チャカ持ってる」

(なんで俺に、そんなことをいってくるんだ?)

修二は心の中でそう思ったが、それはおくびにも出さず、

(明大前のように、昔からたっちんを知っている仲間と出くわす場所では、たっちんの金ピカ名刺の効力はないだろう。佐々木も鬼籍に入ってしまったのに、なにが目的で反社稼業を続けているのだろう。根は優しいヤツなのに、いじめられ過ぎて心がすっかり荒んでしまったんだなぁ)

と自分にいい聞かせた。

2B弾と冷静女子

子どもの頃、修二はモテなかったわけではない。小学生のときは、通学路が一緒だったお嬢様の辺見香理、中学のときはハーフっぽい中川、男子に人気だった林田、大人びた女の子だった藤岡とつき合った。つき合うといっても、子どもの恋愛なので手を握る程度しかできなく、相変わらず女性には奥手のまま、積極的に女性にアプローチするようなことはなかった。

そんな修二が、いまも鮮烈に思い出すシーンがある。

当時、いつもポケットに爆竹や2B弾を入れていた修二は、その日も、自習時間に遊びで仲間たちに向けてそれらを放り投げていた。その2B弾が倉持由紀子の背中に入ってしまったのはまったくの偶然だった。

それが破裂したことで、教室内はパニック状態になった。火傷を負ったろう彼女の姿を見た周りの女子生徒たちは、

「先生に救急車呼んでもらわなきゃ」

とすぐに職員室に向かおうとしていた。

そうした中、

「やめて」

と、普段は大きい声など出したことのない倉持の声が教室に響き渡った。そして、
ゆっくり修二のほうを振り返ると、

「真砂さん。もうこんなことは二度としないと約束してください。そうしたら、私はこのことを忘れます」

いつもの冷静な面持ちに戻った彼女を見て、

(また女の子に助けられちまった)

と、面映ゆい思いの修二は、ただ黙って頷くしかなかった。

もちろん、倉持の芯の強さや心意気に感じ入り、その後、教室で同じようないたずらをしたことは一度もなかった。

中学三年生になって、修二はなにを思ったのか、学級委員会の議長に立候補する。

真砂組のメンバーはもちろんのこと、半ば脅しをかけられた生徒たちも修二に投票したことから、見事当選を果たし、議長の座に収まった。当の本人はまったく知らなかったが、これには女子票の多さも大きく当選に寄与した。

もちろん、中学の卒業アルバムには、しっかり議長として修二の名前が載った。

亀裂のはじまり

そんなこともあった前の年、修二が中学二年生のとき、真砂家では一家の運命を大きく狂わせる一大事が起きていた。

それまで仕事一本、母一筋の父が、熱海で出会った芸者の佳代との間に子どもができ、家を出ていってしまったのだ。

幼少時から、姉や兄よりも自分を愛してくれた父だったが、修二は、

「あんなのは父親じゃない。家族を捨てやがって。俺は俺で生きてやる」

と恨んだし、姉は、

「お母さんがかわいそう」

と、母に父と離婚することを迫った。

修二には、そのとき兄の修一がなにを考えているのかなんて全然わからなかったし、弟の修三はなにが起きているのかよく理解できていなかった。

しかし、修二は、このあと自分の運命が大きく変わっていくだろうという予感だけはしていた。

第三章

熱血モトクロス

新しい友人は曲乗り名人

中学入学後、修二が新たに興味を持ち熱を入れるようになったのが、モトクロスバイクだった。そのきっかけをつくったのは、修二や吉永学と同様、自転車やバイク好きのクラスメート、加藤健である。学と健の二人は、修二の子分というより、対等な関係、いわばチームといった間柄だった。

健は、ジャム屋の息子で、背が高く、ジーパンの裾上げをしなくてもいいほどの長い足の持ち主だった。それもあってか、自転車の曲乗りがうまかった。

そんな健が、ある日、

「まっちょ、バイクが好きなら、すごくいい店があるよ」

と修二に声をかけ、彼の自宅近くにある店を紹介してくれた。

そこは自転車店で、のちに修二が「お兄さん」と呼んで慕うようになる、店主の息子の菊池鉄平がいた。店が彼へと代替わりしたときから、本格的にオートバイの販売を開始するのだが、それ以前から店に集まっている不良少年たちに、

「おまえら、うちのモトクロスチームに入って、バイクうまくなって、レースに出てみないか」

と誘っていた。

店に通うようになると、修二にも、

「おまえも、もし興味があるなら、今度、多摩川で練習するから見に来いよ」

と誘ってきた。そんな楽しげなことに、修二が異議を唱えるハズはない。

当日、修二がワクワクしながら多摩川に向かうと、すでに菊池を中心にチームの少年たちが集まり、練習を開始していた。修二に気づいた菊池は、

「お、よく来たな」

と笑顔で近寄り、修二の肩をポンポンと叩いた。そこから皆が練習しているそばま

で行くと、置いてあったスズキの九十ccモトクロッサーを指差していった。

「ここなら、免許のことは気にしなくて大丈夫だから、すぐに乗ってみるか？」

修二は、

「はい！」

と即答した。


最初は、少々勝手が違い手こずったが、小学生の頃からクルマやバイクを運転していた修二が、モトクロス用のバイクを乗りこなせるようになるのに、そんなに多くの時間は要しなかった。


「おまえ、筋がいいな。チームに入れば、きっとすぐにでもレースに参加できるようになるよ」

そう菊池にいわれて、チームに参加することにした。ただ修二にも、きちんとしたレースに出るには、ＭＣＦＡＪ（全日本モーターサイクルクラブ連盟）やＭＦＪ（日本モーターサイクルスポーツ協会）といった組織に入らないと、出場できないぐらいの知識はあった。

そのことを告げると、菊池からはこんな答えが返ってきた。

「俺の推薦があれば、あとは簡単なテストを受けるだけでレースに出られるから。菊池レーシングチームの一員としてちゃんとやろうよ」

いつもの、お兄さんの笑顔がそこにあった。


一方、紹介者の健は、レースに参加するでもなく、店にあまり姿を見せないばかりか、

「俺はバイクにそこまで興味ないから」

とあっさりいい、やがて店に顔を出すこともなくなった。


健は、自転車での曲乗りや、ドブ川の側溝の幅五センチ足らずのコンクリートの上を難なく行ったり来たりできるような器用さもあった。本気になればモトクロスでもきっとそれなりの成績を収めることができるだろうに、もったいないなと修二は思っていた。

記憶の中では、修二や学が苦手だったタバコを、健が中学からずっと吸っていた姿

が思い浮かぶ。

ほかにも、修二の「不良」と、健の「不良」には、パラレルワールドのような食い違いがあった。

それは、このあと修二が、女性がらみで健に不信感を抱く出来事が起きる前から、薄々感じていたことでもあった。単純にいえば、修二が硬派な不良で、健は軟派な不良だったのである。

校内バイクレース

弱い者いじめをする生徒を許さず、先生にも率直な意見をいう修二の度量の大きさに、入学まもない頃から番長は一目置いていた。その評価をさらに爆上げさせる出来事があった。

中学二年生のときのこと、当時は十五歳で原付の免許が取れたので、中学生でも先輩たちの中には免許を持ち、バイクを乗り回している一団がいた。番長も同様で、彼の提案で「赤中レース」と称し、学校のグラウンドだけではなく校舎内でもバイクを乗り回していた。

修二がモトクロスをはじめたことをどこからか聞きつけたのだろう。ある日、番長は、

「真砂、おまえ、モトクロスやってんだろ」

「はい、やってます。きっと、俺には誰も勝てないと思います」

いまにしてみれば、先輩、しかも番長によくこんな口がきけたものだと思うが、その言葉を聞いた番長は、あっさり、

「じゃあ、今度、おまえも赤中レースに出ろ」

と半ば強要してきたのである。

断ればなにをされるかわからないと思った修二は、菊池の店からバイクを借りて、渋々参加することになる。

レースに参加するのは、修二と免許を持っている上級生十人ほどだ。

スタートは校庭で、午後の授業中だった。番長の「GO!」という号令でいっせい

に走り出し、修二はスタートダッシュですぐに先頭に出た。そのまま校舎内に入り、廊下から階段を昇り、最上階の廊下を反対側まで進み、今度は階段を降りる。そのコースを五周したのち、スタート地点まで戻り、ゴールとなる。

実際にレースがはじまると、ほかの不良たちは階段の昇り降りでドタドタして手こずっていた。普通の道路では、我が物顔でバイクを走らせることができたとしても、さすがに階段の昇り降りには慣れていないのだ。

一方、モトクロスで慣れていた修二は、それを尻目になんなく階段を昇降し、廊下のコーナーもするりと抜けていく。そんな修二の姿を見た年上の番長さえも、最初は口をあんぐりさせていた。

そして、すぐに拍手喝采し、

「あいつ、なかなかやるじゃねえか」

と喜んでいた。

さすがに学校側もそのまま黙って見ているはずはなく、警察に通報。修二がみんなを引き離し、三周目に差しかかった頃には、パトカーの「ファンファンファン」というサイレン音が聞こえてきた。

修二をはじめ、おのおの散り散りに逃げていく姿を見て、レースの審判役の番長は、

「あいつ、大ボラ吹いたのかと思ったら、本当だったな」

とニヤリと笑ったあと、すぐさま自分もその場から立ち去った。

もともと番長からは気に入られていた修二だったが、これを機に番長からの評価が爆上がりしたというわけだ。ただし、そのぶん、新しいワル仲間を増やす結果ともなるのだが…。

バイク屋の「お兄さん」

修二は十六歳になってすぐに二輪の免許を取得したが、父は妾宅との二重生活をはじめてから、以前のようになんでも買ってくれるという状況ではなくなっていた。バイクもすぐには買ってもらえなかった。

だから修二が最初に購入したのは、菊池のお兄さんに練習の際、貸してもらったスズキだ。これなら新車を買うよりも安くなる。それに、こちらのほうが他メーカーのバイクに比べ、2サイクルエンジンを搭載していることで速く走るのに有利だった。自動車以上に自分の身体と一体感のあるバイクに、修二はどんどんのめり込んでいった。ますます菊池自転車店に入り浸るようになり、モトクロスにもさらに熱を入れる修二は、菊池からも気に入られ、兄弟のような仲になっていった。本当の兄とは不仲だったこともあって、彼を「お兄さん、お兄さん」と店に集うほかの若者たち以上に慕った。

もちろん菊池のほうも、そんな修二をかわいく思わないはずがない。

「まっちゃん」

と修二をニックネームで呼び、ずっと目をかけてくれた。そして、お兄さんがそう呼ぶので、モトクロスで知り合った友人や知人も、修二をみんな「まっちゃん」と呼ぶようになった。

修二が高校生になってからの話だが、モトクロスレースでは、ちょっと苦い思い出がある。

それはまだ肌寒い時期の、入間川の河川敷でのレースだった。

二五〇ccのレースが開催されている最中に、いつものスズキの九十ccバイクでコースの下見をしていると、たまたま多くの選手がぬかるみで重いバイクを立ち往生させている姿を見てしまった。

(俺ならあんな無様な姿にはならない)

そんな思い上がりから、ついついコースに横入りして、バイクを走らせ、いい気になってゴールしてしまい、とうとう一位になってしまった。

もちろん、正規の選手ではないことはすぐにバレた。

「ゴールで旗振るほうが悪いだろ。バイク見ればわかるだろ」

と修二は悪態をついたが、「どうだ俺の実力はすごいだろ」といわんばかりにいい気になってしまい、ゴールまで行ったのは間違いだったと反省もした。

ライセンスは剥奪されなかったものの、選手失格となり、結局、自分のレースには不参加という大失態を演じたのだ。

修二に期待をかけていた菊池は、

「まっちゃん、なにやってんだよー」

と呆れかえってはいたが、最終的には、

「まあ、まっちゃんらしいか」

と、いつものように笑い飛ばした。


実は、菊池自身はバイクに乗ることはほとんどなかった。ただ、自分の店に集ってくる少年たちへの熱い思いがあり、それが理由でモトクロスレースにも力を入れていたのである。

それは、更生といえば口はばったいが、彼らになにか夢中になれるものを見つけさせてやりたい。あるいは、彼らの心の中にたぎっているなにか、彼らを暴発させているなにかを鎮めてやりたいと思っていたのだろう。


（あの頃のお兄さんには、そんな想いがあったのではないか）

古希を過ぎてからも、修二はそんなふうに感じることがある。

そして、こんな言葉も口についた。

「そういえば、お兄さんは、俺らの中でも、特に黒崎のようなワルを育てるのが好きだったんだよな」

まるで他人事のようにいってはいるが、修二自身も当時はいろいろワルをしていた。いや正確には子分に〝やらせていた〟のだった。

ここで登場する黒崎隆行は日本橋の中学校に通っていた。当初はそんなに親しい間柄ではなかったが、結局は長いつき合いとなる友人の一人となるのだった。

いつも変わらぬ黒崎

黒崎は修二と親しくなった当初、自分の父親はイギリス人だといっていた。本当はニュージーランド人なのだが、これは彼が嘘をついていたわけではなく、母親が死ぬ間際まで息子に嘘をついていたのだ。

最近になって黒崎から、中学生のときにイギリス人の養子に行く話もあったと聞い

た修二は、

（ニュージーランドはイギリスの直轄植民地だったから、彼にも少しはイギリスの血が混じっていたかもしれない。母親のいったこともまんざら嘘ではなかったのかもな）

と思うようになった。


黒崎の「ワル」は、修二とも加藤健とも違う、もうこれは癖か病気だろうと思うほど、なんでもかっぱらってきては売りさばき、悪びれた様子もないという類のものである。本人は、

「俺、悪くないもん。なにが悪いんだ？」

とでも思っているような、ひょうひょうとした感じがあった。


そういえばいつだったか修二は、黒崎をバイクの後ろに乗せて、銀座を走ったことがあった。なぜか進行方向とは逆に座った黒崎は、走っている途中で急に、

「止めろ！　止めろ！」

と叫んだ。急ブレーキを踏んだ修二が何事かと振り返ると、そこには、バイクを降

り、イカす女の子のオッパイを揉み、また大急ぎで引き返してくる黒崎の姿があった。今度は、バイクの後部座席に乗ったとたん、

「逃げろ！　逃げろ！」

と急かされ、バイクを急発進した修二はこう思った。

（こいつも「ウケればなんでもする症候群」だな）


このように、黒崎は竹内や田代のように、傷害にまでおよぶといったワルではなかった。「ヒリヒリした感じ」はなく、「気のいい、憎めないアンちゃん」的存在だった。

それもあり、修二はバイク以外でもバンド仲間としてつき合ったり、間をおいて、会社の運転手として雇うようにもなり、交流があった。

会社の運転手をやめたあと、疎遠になっていた時期もあったが、黒崎が会社を訪ねてきて交流が再開した。タクシー運転手をやっていて、いまでも趣味でドラムを叩いているという。


久しぶりの会話でも、まるで最後に別れたのは昨日であるかのように、十代の頃と

同じように話すことができる、そんな気安さが黒崎にはある。だからこそ、いまも連絡を取り合うのだ。そんな特異な男なのである。

黒崎は四度結婚した猛者、というかドンファン的な面もある。

三度と結婚歴は一回少ないけれど、修二としては人生についても親近感がわく部分があり、また少々悔しさも感じている。

なぜなら黒崎は、中学生、高校生時代は、モトクロスには結構真面目に取り組んでいて、レースで三位どまりだった修二とは違い、何度も優勝していた。負けず嫌いな修二にとっては、そんなこともモトクロスを離れる要因の一つになった。黒崎は、菊池のお兄さんの店に修二より長く通ってもいた。

多摩テックの思い出

修二にとって思い出深いバイクコースには、日野市にあった「多摩テック」がある。

二〇〇九年に閉園した多摩テックは遊園地のイメージが強いが、開園した一九六一年当初は、ホンダが、バイクのテクニックを磨き、競い合う「モータースポーツランド」としてスタートさせたもので、その歴史は意外にも鈴鹿サーキットより古い。

遊園地の乗り物として開発された、ホンダの五十ccバイク「モンキー」が登場したのもこの一九六一年で、翌年に多摩テックで一般公開されている。つまり、多摩テックは「モンキー発祥の地」でもあるわけだ。

修二や黒崎もこのコースで練習したことがあったが、五十ccや九十cc程度のバイクだと根性があっても、特別なミッションにしないと馬力が出ない。それでも、この二人は、簡単とはいえないこのバイクコースを、平気で昇り降りすることができた。

ただし、有料のコースを好きなだけ使うほどには、まだ、菊池のお兄さんの店は儲かってはいなかったから、チームの練習はほとんど無料の多摩川河川敷で行われていた。

ここで登場するのが、黒崎と並んで問題行動の多かった長井保孝だ。

海外通信社のニュースを運ぶプレスバイクの仕事をしていた長井も、菊池のお兄さんの店の常連の一人で、黒崎の紹介でつき合うようになり、修二も同じワル同士で仲良くなった。

店に来るときには、マフラーをストレートにしたイギリスのバイク「ＢＳＡスーパーロケット」に乗ってきていた。道が渋滞していると、そのバイクで銀座の歩道をウイリー走行するような破天荒なヤツだった。

「俺は仕事上、違反をしても警察にパクられることはない」

とよく吹聴していた。

だが、修二は偶然、彼が警察に止められて、こっぴどく叱られているところに出くわしたことがあった。


中学時代からの悪友、相川康夫もバイク仲間の一人だ。

相川の父親は、賄賂で仕事を取っていたことで有名な土建屋だったが、当時はそんなことは当たり前の時代。いずれにしても、相川家は羽振りが良かった。そして小金持ちの息子らしく、高校生の分際で、ホンダＣＢ４５０を発売直後に手に入れた相川は、修二の家までわざわざ見せびらかしに来たのだった。

しかし、このときすでに修二はお宝バイクを持っていた。近所の牛乳店の息子を、修二は「井口のお兄さん」と呼んで慕っていた。その彼から、バイクを中古で安く手に入れていたのだ。そのバイクはホンダ305をポリス仕様にしたCPだった。さらに、井口のお兄さんがハンドルやタンクなどを改造した、かなりマニアックなものだった。当時はその程度の改造ならまだ車検も通っていたのだ。

そのバイクを見たときの相川の呆けた顔ときたらと、いつ思い出しても修二は、ついニヤけてしまう。

モトクロス熱の終焉

高校生になってからは、修二と菊池のお兄さんとの距離はさらに縮まっていった。菊池が痔を悪化させ入院した際には、経理を担当していた彼の姉と一緒に、自分の友人や彼女らに手伝わせて、一カ月もの間、店番をしたこともあった。

それほどまでに、お互い信頼できる者同士になっていたのだった。

高校入学後、修二はますますモトクロスに夢中になった。

ＭＣＦＡＪも、ＭＦＪも全国各地でレースを開催している中、修二が中学時代からよく参加していたのは、入間川と荒川に挟まれた河川敷に設けられたオフロードヴィレッジでのレースだった。

またそれとは別に、横田や厚木の米軍キャンプ内につくられたコースで、モトクロス好きの兵士たちが開催していたレースに参加することもあった。

米軍キャンプ内は独自のルールでレースが行われるから、レース自体は修二たちにとってそんなに面白いものではなかった。それでもバイクを走らせる楽しみ以外に、ベース内で仕入れたタバコの販売などがちょっとした儲けになるなどの、プラスアルファがあった。

そのおかげもあって、修二は「日本の自動車技術１８０選」に選出されたこともある丸正自動車製造のライラック号に乗ることができた。Ｖ型二気筒、シャフトドライブが有名で、横キックの面白いバイクだった。

ほかにも、イギリスのノートンや、一九三〇年代から一九五〇年代に人気を博した陸王にも乗ったことがある。陸王は左ペダルがクラッチで右がリアブレーキと、ほとんどのバイクとは配置が反対で、慣れるまで怖かったので、しばらくはほとんどフロントブレーキだけを使っていた。

いちばんのお気に入りのＣＰは高校通学にも使っていた。

若者たちに溜まり場を提供し、レースを介して彼らの心を解放させた菊池は、店をバイクに特化した店とし、鈴鹿八時間耐久レースに参戦、優勝を飾るなど、業界の超有名店となっていく。

バンド活動のほうに熱が移っていったこともあり、バイク熱が冷めていった修二は、菊池との交流も徐々に少なくなっていた。菊池が結婚し、子どもが生まれた頃まではつき合いがあったが、その後は、残念ながらほとんど交流がなくなってしまった。

それでも、菊池のチームの快進撃を告げるニュースに接するたびに、修二の胸には、なにか温かいものがこみ上げてくるのだった。

第四章

別居とアルバイトと友

増す父への憎しみ

父の修の別居によって、真砂家の暮らしは一変していった。

姉の貴子は幼い頃、線路沿いで遊んでいて列車に手の指を轢かれ、それが原因で小学校時代はいじめられていた。そこで父は、娘のためにと知人に私立の中高一貫校のトップを紹介してもらった。姉はその学園の中学校から高校へと進学していた。父が家を出て行っても、授業を休むことはなかった。しかし、この頃から帰宅してもすることがないと、友人たちと日劇などに通い詰め、帰宅は十二時過ぎもザラとなっていた。そんな「翔んでる姉さん」と、修二は顔を合わせることもなくなっていった。

修二もそうだが、姉もまた、それまで父のことが大好きだった反動もあって、妾騒動による憎しみがどんどん溢れ出していた。

姉が毎日のように夜遊びしていたのは、裏切られた父に会いたくないから、というのが本音だったのかもしれない。

父は、自宅から百メートルも離れていないアパートに、妾の佳代、そして異母弟の修吾と暮らしているのに、週に二、三度、夕飯を食べに来ることがあった。

「佳代のメシ、まずくて食えたもんじゃないんだよ」

俺が建てた家に住まわしてやってるんだから、当然とでもいうように、何度もやってきてはこんなことをいう父に、母は無言のままだ。

修二と兄の修一も、苦行でもしているかのように、苦虫をかみ潰したような顔つきでただただ黙々と食事を口に運んでいた。

根っからおしゃべりの父だけが、

「いやー、参ったよ。新しい家具が必要だって、佳代が勝手にバンバン買いやがるから、金がいくらあっても足りないよ」

などと、修二たちを逆撫でするようなことを平気で話題にする。

そんな父の話を聞いていた修二はいつも、

(姉さんがこの場にいなくて、ホント良かったな)

と思った。

この頃には、ほとんど家に金を入れなくなった父に代わって、母の孝枝が梅丘の精神病院で賄い婦として昼夜働き、収入を得ていた。まだ小さかった弟の修三は、隣家の滝本夫妻に預けられていた。子どものいない滝本夫妻は修三を本当の子どものようにかわいがった。修三も二人になついていて、滝本夫妻を自分の父と母と思っていたとしても不思議ではないほどだった。

姉の夜遊びといえば、一九九二年、子宮頸がんで死んだ母の孝枝の葬儀で、姉が突然こんなことをいい出した。

「あなたたち、私が命の恩人だってこと、忘れないようにね」

いわれた側の修二たち兄弟三人は皆、なんのことやらさっぱりわからないという表情で返す言葉がない。

「私が高校生の頃、小さかった修三は別として、しょっちゅう夜遊びしているのを修一も修二も良く思っていなかったでしょ。でも、そのお陰で、あなたたち三人とも命拾いしたのよ」

(一体、姉さんはなに、いってんだ?)

修二には思い当たる節がこれっぽっちもない。

「あれは私が高二の夏だったわ。いつものように終電で帰って、家の中に入ったら、変な匂いがしたの。あ、これガスじゃない? と思って台所に行ったら、シューシューとびっくりするくらい大きな音がしてて、すぐに元栓を閉めたわ。それから窓を全部開けてから、寝室で寝ているお母さんを叩き起こしたの」

初めて聞く唐突な話に、男三人は驚くばかりだ。

「それで、なんでこんなことするの! って、お母さんを叱りつけて、ほっぺを引っぱたいてやった。自分でもびっくりするくらい大きな声が出たけれど、あなたたちはみんな熟睡しててピクリともしなかった。もし、私の帰るのがもっと遅かったら、きっとみんな死んでたわよ」

思いもかけない話だったが、ありえなくもないと修二は思った。

(母さん、俺たちには愚痴一ついわなかったけど、本当は辛かったんだな)

その日は、さすがに兄弟みんなの心が一つになった気がした。
そして、兄弟の心が一つになった、最初で最後の日となった。

不意に終わったバイク通学

話は、修二の高校入学時に戻る。

修二が進学先に私立の仏教系大学の付属高校を選んだのには、中学の生活指導の教師が大きくかかわっていた。

「おまえみたいなワルを受け入れてくれるのは、この翔山高校しかない」

と、口は悪かったが修二を受け入れてくれそうな高校を教えてくれたのだ。

父は入学金と授業料は払ってくれたものの、生活費は依然として入れてはくれず、当面は母の収入だけが頼りだった。

自宅から高校に電車で通学するのは不便だった。そこで、修二はアルバイトをはじめることにした。それで新しいバイクを買おうと思ったのだ。

井口のお兄さんから改造バイクのCPを安く譲ってもらい、それで通学することにした。さすがに、バイク通学禁止の校則を堂々と破るわけにはいかないので、寮生の友人に預かってもらうことにした。

それが思いもかけない出来事で、バイク通学が学校にバレてしまう。

それは二年生になってからのある日のこと。

いつものように、高校に向かう通りをバイクで走っていると、脇道から一台の自転車が飛び出してきた。とっさに避けようとした修二のバイクは転倒、自転車に乗っていた女子高生もびっくりして自分で転んだらしく、振り向くと自転車が倒れていた。

修二がバイクを道路脇に停めて走り寄ると、すでに立ち上がっていた女子高生は、

「すみませんでした」

と殊勝に頭を下げた。

修二は自分が大ケガしたかもしれないというのに、

「避けられたから良かったけど、急に飛び出したら危ないじゃないか。ケガは？」

と声をかけた。

「ちょっとひじを擦りむいちゃいましたけれど、大丈夫です」

「じゃあ、気をつけて」

「はい」

走り去る女子高生の後ろ姿を見送って、

「いっけねえ、遅刻しそうだ」

と高校に向かった。

転んだ際にひざを打ったらしく、少々痛みを感じたが、双方に大したケガがなかったことで、事は丸く収まるはずだった。

それなのに、その様子をたまたま見かけた近所の暇なおばさんが、学校に電話をしたらしい。いつもは校門あたりに立っている教師が、寮のほうまで見に来ていた。そんなことになっているとは露知らず、いつものようにバイクを停めにいった修二は、その教師と鉢合わせしてしまった。

「真砂、おまえ、来る途中で事故を起こして女子高生にケガをさせただろう」

話が大きくなっていることに、修二は驚きつつ、

「冗談じゃない。あっちが飛び出してきたんだ。俺が避けてなければ二人とも大ケガしてたとこだよ。その子は普通に登校してるはずだ」

と弁解したが、教師から、

「禁止されてるバイク通学をしているのは事実だろう」

と返されては、これ以上逆らうのはマイナスになると思い、ちょうど始業のベルが鳴ったのを機に、

「あ、チャイムが鳴ってる。じゃあ俺、教室に行きます」

と逃げるように向かう。

「あとで、職員室に来いよ」

との声を背中で聞き、一目散に教室に向かった。

結局は、担任の岸辺が女子高に電話をして、その生徒にケガがなかったことが確認

でき、かばってくれたことでおとがめなしにはなった。しかし、バイクでの通学はこれ以降できなくなってしまった。

身近にあった「交通戦争」

修二が高校に入学したのは一九六二年だが、自動車保有台数が増え続ける中、前々年の一九六〇年には年間の交通事故発生件数が、前年の二十万一二九二件から四十四万九九一七件と飛躍的に増加。死者数も一九五九年に初めて一万人台となり、「交通戦争」真っ只中だった。

修二も、高校卒業までに、バイクやクルマでの事故死をいくつか目撃していた。

初めて死亡事故を目の当たりにしたのは、国道二四六号線の玉川通りだった。工事しているところにバイクが突っ込んで、車輪がグルグル回っていた。恐る恐る近づいてみると、頭がパックリ割れ、脳みそがはみ出ていて、もう助からないことは傍目にもすぐわかった。だから、近くの公衆電話から修二が電話をかけたのは、一一九番ではなく一一〇番だった。

知り合いでも、とても仲のいい友人が富士スピードウェイで事故死した。修二がモトクロスでレースに参加した際、彼は四輪のレースに参加していた。そのレース中に、スリップして塀に激突、搬送先の病院で死亡した。そうした状況だったから、事故そのものも、死んだ彼の姿も修二は見てはいない。

直接見てはいなくても、やはり友人の死には、深い悲しみと衝撃を感じた。

もっと衝撃的だったのは、まだ菊池の店に通っていた頃の加藤健の彼女の死だ。

ある日、健が、修二をツーリングに誘った。誕生日を迎える彼女を江の島で祝いたいというので、修二も誰か知り合いの女の子と一緒にと考えたが、誘った相手の都合がつかず一人で参加することにした。

当日健は、自分をかわいがってくれているスクランブルチームの安田銀次から借りたという、ホンダのスクランブラーCL72で現れた。

CL72はオフロード走行を念頭においてつくられたバイクで、健に乗りこなせるのか、少々心配しつつ、江の島に向けて、まずは横浜バイパスの料金所に向けて走り出した。

修二は、乗りなれた改造バイクのCPだったので、すぐに一五〇キロほどスピードを出し、あっという間に健のバイクとの距離が開いた。料金所の手前でバイクを停めて二人の到着を待っていると、しばらくして健のバイクがやってくるのが見えた。

彼女も一緒ということでカッコつけたかったのか、健は修二のほうにウイリーっぽい走りで近づいてきた。

(普段、モトクロスの乗り方なんてしてない健が、ウイリー？　大丈夫かよ)

修二が心配したとたんに、バイクをコントロールできなくなり、花壇の柵にもろに突っ込んだ。

健はバイクとともに突っ込んでいったが、彼女のほうはいったん身体が宙に浮いたと思ったら、修二のいるほうに頭から落ちてきた。ノーヘルだったことが災いして、耳からは血が流れ出した。

それを見た修二はとっさに、(これはもう、だめだな)と思った。

事故に気づいた料金所の係員が駆け寄ってきたのが見えた。係員がすぐ近くまできたとき、修二はちょうど彼女を動かそうとしていた。

それを見たとたん係員は、

「触るな。触ったらまずい!」

と止めた。

彼女の耳から流れている血を見て、そう判断したのだろう。

すでに別の係員が救急車を呼んでくれていたようで、それほど時間がたたないうちに救急車が到着した。ケガを負った健も一緒に、近くの大きな病院へ運ばれることになった。

「きみは友達? だったら一緒に乗って」

救急隊員に促され、修二も同行した。

救急処置室に運ばれた二人のうち、彼女のほうを優先させなければならないと判断され、麻酔する間も惜しいと、麻酔なしですぐに医師による処置がはじまった。

そのせいか、彼女はずっと暴れていた。

健の手当てに回っているのか、看護師はおらず、たった一人で対応していた医師が、「きみはケガしてないよね。だったら、彼女の身体を押さえていてくれ!!」

切迫した声でいう。

「え? は、はい」


処置の間中、修二は身体を押さえ続けていたが、やがて暴れていた彼女の力がどんどん弱まってくるのを感じていた。

そして彼女の母親が処置室に入ってきたタイミングで、彼女の身体はまったく動かなくなった。

胸に聴診器をあて、瞳孔に光をあてて対光反応を確認した医師が、つぶやくようにこういった。

「十一時五分、ご臨終です。きみ、もう手、離していいよ」

その様子を見ていた彼女の母親は、急に修二に走り寄り、首に手を回したかと思うと締めはじめた。

「娘を返せ！　娘を返せ！」

泣き叫びながら、さらに強く締める。


弁解しようにも声を出せずにいた修二を、一瞬、呆然と見ていた医師が、

「お母さん、落ち着いてください。事故を起こしたのは彼じゃありません」

と、母親を修二から引き剥がした。

「事故を起こしたのは彼じゃなくて、あちらでベッドに横たわっているほうです。彼は、私が処置している間、ずっと暴れる娘さんを押さえていてくれてたんです」

医師の声がやっと耳に届いたのか、修二の首を締めていた手を力なくだらんと下ろした。母親の絞り出すような嗚咽が処置室に響き渡った。

（なんで俺がこんな目に遭わなきゃいけないんだ。なんで俺をこの場に置いておく必要があったんだ。もう帰りたいよ）

そう思いはしたが、結局、最後まで近くにいざるを得なかった。

健は、不幸中の幸いでケガはしたものの思ったより早く回復することができた。彼女の葬式には間に合わなかったが、墓参りに行くという健に修二も一緒について行くことにした。

墓地に行って初めて、彼女の家族が著名な宗教団体の会員であったことを知った修二は、

（やっぱりこの世には、神も仏もねえのかなぁ）

などと考えていた。

四輪の事故では、オカルトチックなエピソードもある。

修二は自分が乗っていたビュイックをとても気に入っていたのだが、一つだけ引っかかることがあった。それはナンバープレートが「4219」、語呂合わせだと「死に行く」だったことだ。自分としては、それほど気にしてはいなかったし、クルマの調子もすこぶる良かったのだが、のちのち、ゾッとすることが起きた。

これには、健の事故の原因の一端ともいえる、バイクを貸したモトクロスレーサー

の安田銀次が絡んでいた。

「おまえのビュイック、俺、すげえ気に入ってんだ。売ってくれよ。頼むよ」

と、幾分ドスのきいた声で、何度もいうので、根負けした修二は、

「いいよ、じゃあ売ってやるよ」

と、最後には売ることにした。


それから一カ月たつかたたないうちに、事故の話を聞いたとき、修二は急に身体中の毛が総立ちした。

「元」自分のクルマが事故を起こし、運転者と同乗者の二人とも即死したというのだ。その運転者は、自分からクルマを買った安田ではなく、彼の友人で、同乗者はその彼女という話だった。

(やっぱりナンバープレートの番号が影響するのかな)

さすがに心配になった修二は、それ以来、「42」の数字のつくナンバープレートは、絶対に避けるようになった。

ただ、この事故に関してはもう一つの可能性がある。それは安田による「負の力」だ。安田はヤクザの構成員らしいという話があり、悪い噂が絶えなかった。健の彼女の死といい、安田の友人の死といい、彼からバイクやクルマを借りたせいで起きた事故なのだ。日頃のろくでもない所業のせいで、彼と親しい人物に悪い影響をおよぼしていたのかもしれない。あまり信じられるような話ではないが、やはりゾッとする話である。

高校でも集うユニークな仲間

高校でも、修二には、寮での博打大会などで一緒につるんでいた小林亨をはじめ、子分たちが徐々に増えていった。仏教系の高校の寮なので、地方の裕福な寺の子弟も多く、いいカモになった。特に、「辞書おいちょかぶ」では、修二は負け知らずだった。自分がこっそり印をつけた辞書を使うのだから当然である。

高校時代にも、黒崎隆行のように「ウケればなんでもする」ヤツがいて、修二にはそんなヤツを見抜く力があった。高校では、ひょうきんでビッグマウス、といっても大口を叩くほうではなく、本当に大きな口をしていた、北田広治がそうしたヤツだった。

「おまえなら、口にゲンコ入るんじゃねえか」

と修二がいうと、

「はい、お安い御用でござる」

とひょうきんな受け答えをして、すぐに右手でゲンコツをつくり、あっさりと口の中に収め、みんなを爆笑させた。

こんな感じで、道化者の北田がいるといつも場が和むのだった。

のちに修二の会社の運転手となったクラスメートの樫本康介は、修二同様、女性には奥手なほうでまったくモテなかった。

それが、ひょんなことから有名女性歌手の友人といい仲になる。

やがて、

「まっちょ、女ってわかんないもんだな。叩くと振り向くんだよ」

というようになった。もちろん、それまで女の子に手をあげたことなど一度もなかった。

それに味をしめたのか、モテる秘訣として「女は叩くと惚れる」という自分勝手なセオリーをつくり上げた。いつしか、田園調布あたりに住んでいる金持ちのお嬢様たちからモテまくるようになった。

叩くとはいっても暴力とまではいかなかっただろうし、誰からも手をあげられたことがない女子たちにとって、ちょっとした刺激的な体験だったのかもしれない。いずれにしても、

（人生も、女も、本当にワケわかんないことだらけだな）

いまだ、奥手だった高校生の修二はそう考えた。


高校でも、いったん子分になると、「なにかあったら絶対守ってやる」と修二は心に決めていたし、それを実行していたので、子分たち、いやユニークな仲間たちといったほうがいいかもしれないが、彼らからは絶大な信頼を寄せられていた。令和の時代

には通じないかもしれないが、修二には、そんな清水次郎長的な側面があった。

野球三昧のアルバイト

父のせいで高校時代は、アルバイトにも励まなければならなかった。

中学生のときも、子分たちと父の会社の簡単な手伝いをしたことがあったが、その会社も左前になっていたし、父の会社では働きたくなかった。

そんな修二が選んだのは桜木百貨店の配送のアルバイト。自宅の最寄駅が豪徳寺で仲が良かった、身長一九〇センチを超える大男の松下秀則と、彼の相棒で逆に修二よりも身長の低い小島英雄とで、三人のチームを組んで、新宿・目黒地区担当になった。

アルバイト先でも、修二がただ真っ正直に仕事をするワケはない。

配達途中で、河川敷や空き地などで誰かが野球しているのを見ると、配送車をその辺に停めて、知り合いでもないのに仲間に入れてもらいプレーを楽しんだ。そんなことばかりしていたため、いつも店に戻るのがいちばん遅いのが修二たちのチームだった。

「おまえら、いっつも遅いな」

と配送係の社員にいわれても、なに食わぬ顔で、

「いやー、荷下ろしに意外に時間がかかってしまって」

などと、お茶を濁していた。


ある日バチがあたったのか、小学生たちと一緒に野球をしている最中に、足の親指の爪をはがしてしまった。しょうがないので薬局で包帯を買ってぐるぐる巻きにし、足を引きずりながら戻った。

たぶん社員も薄々気づいていただろうが、

「どうすればこんなケガをするんだ?」

と聞いてきた。

まさか野球が原因とはいえず、

「荷物を運んでいてコンクリの側溝に足を突っ込んだら、ガラス片があったんですよ」

と、ここでも苦しいいいワケをした。

教師への復讐劇

弱き者たちへは、愛情とも呼べるような思いがある一方で、修二の教師への反発は高校生になっても続いていた。特に、その行動から生活指導の教師に目をつけられることが多く、自分がしてもいないことにまで罪を着せられることがたびたびあった。そんなことがあるごとに、教師への怒りは積もり重なっていった。

高校には、生活指導担当で、生徒たちから陰で「デン助」と呼ばれていた、河合という化学の教師がいた。当時の人気テレビ番組『デン助劇場』で、浅草芸人の大宮敏充演じる主人公デン助にそっくりだったからだ。主人公とはいえ喜劇だからデン助はお世辞にもカッコいいとはいえない。生徒たちからデン助と呼ばれていることを知っていた当の教師は、ある日、面と向かって「デン助」と呼んだ生徒、桑原竜司を坊主頭にした。

そんなことを教師に面と向かっていうようなトッポい桑原が、坊主頭にされて黙っ

ているはずがない。怒り心頭の形相で、

「真砂、俺はもう本当に頭にきた。あいつに絶対復讐してやる。軍資金を十万出すから相談に乗ってくれ」

と修二に頼んできた。

そのとき、修二のひらめいた復讐方法が、職員室の爆破だった。そしてすぐ浮かんだのが、成績はいつもトップクラスながら、こういった類の相談に喜んで乗ってくれる高田久人だった。彼とは中学時代から変わらない知恵袋の友人だった。

ことの経緯を伝えると、

「わかった」

と高田はすぐに引き受けてくれた。早速、修二は高田と一緒に黒色火薬をつくり、導火線をつけて成型した。この手製爆弾を桑原に渡した。

桑原は夜中に職員室に忍び込み、高田の指示どおり、デン助の机を中心に爆発するように手製爆弾を仕掛けた。導火線に火をつけると、パチパチとはじけながら点火。緻密な高田の計算どおりに、周囲に知られることない規模で、手製爆弾は爆発した。

翌朝、桑原は満面の笑みを浮かべて、

「サンキュー！　なんかスッとした」

と礼をいい、修二に十万円を渡した。


もちろん、次の日、最初に登校した教師たちは腰が抜けるほど驚いた。しかし、体面を気にするあまり、緘口令が敷かれた。秘密裏に犯人探しがされたようだが、結局見つけることはできなかった。こうした結果も、修二や高田は計画に折り込み済みだったのである。

このことを吉永学に話すと、

「なんだよ、僕も仲間に入れてくれればよかったのに。どうせなら、その教師に直接復讐してやろうよ」

と、ガス中毒死を狙うという殺害計画を口にした。

「実験室ってガスの口火ってつけっぱなしにしているだろ。こっそり、元栓を閉めれば口火は消える。それから再び元栓を開ければガスが徐々に漏れていく。それに気づく前に、ヤツは気を失う。これで完璧だよ」

学はアリバイまでつくろうとしていた。そういうところは彼らしい頭の働かせ方だなと修二は思った。

だが、さすがに殺人はやり過ぎだと思い直し、この計画はボツにした。


仏教系の高校だからか、校長はじめ教師たちは皆、礼儀作法的なことにことさらにうるさい。坊主頭にされる理由はたくさんあって、校長は帽子のかぶり方にも難癖をつけるので、修二も坊主にされたことがあった。

ほかにも、弁当箱に米粒を一粒でも残すと、「お米をつくっている人がどれほど大変な思いをしてつくっているか、わかっているのか」とひっぱたく下川。体育教師の本山に至っては、ちょっとでも授業中に逆らったり態度が悪いと、やはり殴った。それだけではなく、ちょっと爪が伸びているだけでも、それを理由に指を叩くことさえあった。


やはり理不尽な教師の山下が顧問になっている剣道部に属していた修二は、ちょっとした復讐として、ほかの生徒を指導中の教師の背後に回り、思いっきり竹刀でぶん殴ったことがある。気絶した教師は誰がやったかわからなかったし、ほかの部員も口を割らなかったので、それで罰せられることはなかった。それでも、このような復讐の手段は何度も使える手でもなく、いつも修二の中では教師に対する怒りがフツフツとわいていた。

「教師なんてみんなクソくらえだ！　バカ野郎！」

そんなたぐいの言葉を、修二は何度口にしたかしれない。

しかし、これは修二の高校に限ったことではなく、昭和三十年代の中学や高校ではよく見られた風景だった。教師の中にはまだまだ軍隊生活を送った経験が染みついた者が少なからずいた。だいたいにして制服が詰襟やセーラー服というのは、軍隊と相通じるものがあることを明らかにしていると修二には思えた。

大学合格取り消しの危機

修二の高校では、三年生になると、秋の修学旅行のための旅行積立金を毎月収めることになっていた。しかし、トラブルメーカーの修二は、修学旅行先でも必ず問題を起こすに違いないと学校側が判断し、積立をさせないことを勝手に決定した。

それを知った修二は、

「なんだよ。こんな学校、辞めてやる」

と気色ばみ、三年の教室のある四階の窓をすべて割るという暴挙に出た。

すぐに職員会議では、休学というペナルティが下る。もともと退学してもいいくらいの覚悟だった修二は、そのまま学校を辞めようとした。

ここでも担任の岸辺が、

「こんなことでおまえの人生を反故にはできない。休学が終わったら必ず学校に戻ってきなさい。そしてテストも必ず受けるんだ」

と諭した。

岸辺を恩師と思ったことはなかったが、そこまで自分を擁護してくれる彼の思いを、無下にするわけにもいかないかと修二は考え直した。


こうして、なんとか卒業式を迎えることができたが、学校に不満を持った仲間たちとつるんで、最後の一撃とばかり式後にクルマで乗り込み校庭を走り回った。

これももちろん問題となり、再び職員会議が開かれ、いったんは暴れた生徒全員の卒業を取り消すという判断が下された。

このときもかばったのは担任の岸辺だった。

みんなを学校に呼びつけ、

「おまえらみんな詫び状を書け」

と説得した。

「そこまでいうんだったら仕方ないか」

と誰かがいい出し、最後はみんなで詫び状を書き、卒業証書を返上せずに済んだ。

このとき修二は、すでに系列の上級大学の経済学部への進学が決まっていた。

卒業取り消しとなれば、こちらも当然取り消しになっていたはずだ。

(もし、あのまま入学が取り消しになっていたら、俺の人生どうなっていたのかな)

ときどきそう思うことはあっても、

(いや、俺の人生。どっちに転がっても面白い人生だったに違いない)

さしたる根拠もなく修二はそう結論づけた。

忘れ得ぬ友人たち

大学入学後の修二の新しい友人には、さすがに小中学校のときのようなワルはいなかった。だからといって真面目に大学で勉強した記憶もあまりない。

一方で、すでに一九六四年の東京オリンピック景気も去り、父の事業は相変わらずうまくいっていなかった。兄の学費はなんとか工面していたが、妾との間に子どもが次々生まれていたこともあって、

「おまえの分まではどうしても無理なんだ。修一と違って、おまえは自分でなんとか

できると俺は見込んでいる。頑張ってくれ」

そういわれては、自分でどうにかするしかない。修二は腹をくった。

早速、豪徳寺にある「城南ベビーサービス」でアルバイトをすることにした。ここは、母と娘とで経営するベビーベッドのレンタル業の会社で、その配達係を探していると人づてに聞き、訪ねたところすぐ採用に至った。

父のような生コン事業には陰りが見えていたが、日本全体としては一九七三年の第一次オイルショックが起きるまでは高度経済成長期にあり、各家庭では子どもにお金をかける余裕が出てきていたので、この母娘の目のつけどころは良かった。

レンタルベッド以外にも、ベビー服やベビー用品も扱っていて、仕事は忙しかった。配達は夜中になる日もあり、そのぶん、バイト料も増額になった。

ベビー用とはいえ、一人での配達は無理だったので、板谷信也という同じ学生アルバイトと組むことになった。修二は、すぐに見よう見まねで独自にベビー服やベビー用品を仕入れ、板谷と一緒に配達先で売りはじめた。どちらかというと口下手な修二とは違い、板谷はソフトな語り口調で、勧め上手だった。

「これね、いま、ハイソな家庭で人気の商品なんですよ」

などといった口車に乗せられ、

「あなたたち、まだ学生さんでしょ、大変ね。じゃあこれとこれ買おうかしら」

と何品も買ってくれる主婦も多く、かなりの売上になった。

「僕たちっていいコンビだし、真砂くんって商才があるよね」

板谷にそう褒められて、修二も悪い気はしなかった。


大学生になってから新たに友人になった中で、特に記憶に残っているのが、大分出身の盛本慎太郎だった。

彼とは、同じ経済学部商学科で、音楽好きという面でも意気投合したこともあって、すぐに親しくなった。夏休みに彼が九州に帰省している間は、家の鍵を預かり、自由に使わせてもらうほどの仲にまでなった。


慎太郎の父親は公務員をしており、息子の大学入学にあたり、相鉄の希望ケ丘駅近くに一軒家を購入した。それは公務員らしい手堅い理由からで、こう話したという。

「おまえが卒業する頃には、この家は価格が二倍、三倍になるだろうから、学費が戻ってくるに違いない。お釣りがくるかもな」

実際、東京のベッドタウンは周辺三県にどんどん広がり、その予想は大当たりして、卒業時には数倍になったと聞いた。それを聞いたとき修二は、

（こうした金の儲け方があるのか）

と考えていた。別にアンテナを張っているわけでもないのに、こうした情報が入ってきたときに、ついついこうしたチェックをしてしまうのは、修二の商売人としての特性かもしれない。


慎太郎は、譜面が読め、ギターの高度なテクニックを持っていたが、いかんせん人前で弾くのが苦手だった。そのため人前で演奏するのは、修二のような本当に親しい相手を前にしたときのみ。一緒にバンドを組むことができなかったのは残念だったが、修二にしてみれば、それはどうでもよいことだった。

慎太郎は、大学卒業後は帰郷し、地元の大分でデパートの職に就いた。

距離的には遠く離れてしまったが、友人関係はそのまま変わらず、帰郷後まもなく執り行われた地元での彼の結婚式にも参加した。


しばらく音信不通だった期間もあったが、修二のことを心配した慎太郎がわざわざ電話をくれたことで交流が再開する。

大学時代がよみがえったかのような気分で、仕事とはまったく関係のないたわいない会話ができる。損得なしで会話ができる慎太郎は、いまでも修二にとって誰にも代えがたい友人になっている。

第五章

マイ・バンドブーム

バンド結成

大学時代の修二が、いちばんハマっていたのはバンド活動だった。

ただ、修二の音楽にまつわる印象的な最初の思い出は、バンドとはまったく関係のない、小学校時代にまで遡る。

それは小学校五年生の音楽の時間だった。

いまとなっては修二も詳細を思い出すことはできないが、なにかすごい悪さをしたことで、怒った女性教師から廊下に立たされたことがあった。その日は、いつもなら立たされても途中で帰ってしまうことさえあったのに、修二にしては珍しくしおらしくしていた。

後日、その先生が、

「この間は、先生もちょっといい過ぎたと反省したの。真砂くん、音楽を嫌いになららないでね」
と謝り、わざわざ買ってきた筆箱を修二に差し出したのだ。
いまでもそのシーンを思い出せるのは、あのときその先生に淡い恋心が芽生えていたからかもしれない。

そして歳月は流れ、修二がバンドにかかわるきっかけをつくったのは、モトクロスをはじめるきっかけもつくった加藤健だった。

健にはクラシックギターの名手の兄がいた。健も『禁じられた遊び』を得意とし、この曲だけは完璧に弾くことができた。健がモテる理由には、ルックスや足長の体型があるが、この『禁じられた遊び』を完璧にギター演奏できることも大いに影響していると修二は確信していた。

なぜなら、この曲は日本では一九五三年に公開されたルネ・クレマンのフランス映画『禁じられた遊び』のテーマ曲で、世界的な大ヒット曲だからだ。のちにスペインの伝説的ギタリストと称されるようになるナルシソ・イエペスの演奏で、『愛のロマンス』の別名もある。映画は公開の一九五二年にはベネチア国際映画祭で金獅子賞を受賞するなど作品として大きな評価を得ただけではなく、哀愁を帯びたメロディーは、特に若い女性たちにはずっと人気だったからだ。

修二と健が中学生になった一九五九年といえば、その後、日本でも一大ブームとなるザ・ベンチャーズが結成された年でもある。

クラシックだけではなく音楽全体に興味を持っていた兄の影響で健は、ベンチャーズがカバーする前の、ザ・シャンテイズの原曲で一九六二年発表の『パイプライン』を聴いていた。この曲を気に入った兄弟は、自分たちもバンドを組んで、演奏してみたいと思うようになる。

それは、ちょうど吉永学を介し、修二が健と知り合った時期と重なっていた。バンドでは、すでに兄がリードギター、健がサイドギターを担当することが決まっていた。また、ドラムは修二の友人でもある芳井貞夫が担当することになっていた。あとはベースが欲しいという状況で、修二に白羽の矢が立った。

「おまえ、ベース教えてやるからベースやれよ」

との健の言葉に、修二もその気になったというわけだ。

修二が帰宅すると、たまたま父が家にいて、健やベースの話をすると、

「じゃあ、明日渋谷で買ってやるよ」

とすんなり受け入れた。

久しぶりに息子に頼られたのが嬉しかったのだろう。

翌日、約束どおり修二を渋谷の楽器店に連れて行った父だが、実は楽器のことなどなに一つ知らなかった。修二のほうも、ギターは弾いたことがあったが、ベースの知識はなかった。

すぐに店員に聞けばいいものを、父と息子はちょっとした見栄からベースのコーナーで手にした六弦のベースを購入してしまった。

早速それを引っ下げ、加藤兄弟を訪ねると、二人は頭の上に「?」が浮かんだような様子だった。きっと、「なんで六弦のを買ったんだ?」という「?」だったのだろう。

修二はやっとベースは一般的に四弦というのを知ったが、すでにあとの祭りだった。

「まあ、少ないよりはマシだろ」

と強がりをいい、修二は熱心に練習を重ねた。


バンドの練習をするのは修二の梅丘の自宅ガレージが多かった。

やがて、バンド目当ての女の子たちがガレージ近くに並ぶようになり、警察官がやってきて、ボリュームを下げるよう注意を受けるようにまでなった。それでも、見に来る女の子たちの数は日を追うごとに増えていった。


ベンチャーズがオリジナルアルバム『サーフィン』で、『パイプライン』をカバーしたのは一九六三年のこと。翌年七月に、『パイプライン』のシングルを日本のみで発売した。

その頃には、修二たちのバンドの腕も相当上がっていて、女子だけではなく、『パイプライン』きっかけでベンチャーズのファンになった男子も、バンドの練習を聴きに来るようになった。そんな若者たちの中には、修二たちのバンドを見たことがきっかけで、自分たちもバンドを組んだという者たちも現れるようになる。

運命の再会をした女性

このようにバンドの演奏テクニックが上がるにつれて、女の子はより取り見取りという状況になった。にもかかわらず、大学生になっても修二は相変わらず女の子に対して奥手だった。それでもほかのメンバーにはみんな彼女がいたし、当然修二も彼女は欲しかった。

それが、ひょんなことから、同じ中学校だった馬淵恵理子とつき合うことになるとは、修二はこのとき、思ってもみなかった。

恵理子は、貧しい家庭で育ったが、美人で成績が良く、男好きのする悪女系という感じの女の子だった。また、南極探検隊員となった兄がいるのは中学校では周知のことであり、そうした面でも目立つ存在だった。

中学生の頃の恵理子は、修二の一年先輩でヤクザっぽい風体の蒲田義人とつき合っていた。

高校を卒業後は役所に勤めているらしいと噂で聞いていた。

恵理子と再会したのは、バンド仲間たちと遊びに行った先、横須賀の海だった。

バンド仲間みんなでキャンプをしようということになり、

「横須賀に、海のすぐ近くまでクルマで行けるいい場所がある」

と健がいい、修二のクルマにみんなで乗り込み、出かけることになった。

その海岸に到着後、テントを張っていると、たまたま女友達たちと海に来ていた恵理子と偶然出くわしたのだった。

いろいろと話をするうちに、蒲田とは別れたと知ったバンド仲間たちが、

「じゃあ、修二とつき合っちゃえば」

と囃し立てる。

その日はぎこちない会話のあと、恵理子は自宅に帰っていった。

二人の交際がスタートしたのは、恵理子がバンドの練習を見に来るようになり、二

カ月ほどたった頃だった。

最初は、どストライクという感じではない恵理子との交際にそんなに気乗りしていなかった。それでも、つき合っているうちに、その気の強さや美貌にどんどん惹かれていった。そしてついには、彼女に宛てた曲をつくるようにまでなる。

ただしその曲は、バンドメンバーには不評で演奏することは拒否されたので、ステージで披露することはなかった。

この頃、東北出身の佐治道雄という大工が、菊池鉄平のバイク店に出入りするようになっていた。当時は、修二もたまに恵理子と一緒に顔を出していた。佐治は、バイク修理などのためにちょくちょく店に立ち寄っていた。菊池のお兄さんから聞くところによると、羽振りがよかったようで、バイク以外にダットサンのブルーバードSSSも乗り回しているという。

そこで修二は、加藤健や吉永学らと「カモってやろう」と企て、ポーカーでカモれるだけカモった。しかしこのことで、大きなしっぺ返しをくらうことになる。

悪女・恵理子の「佐治事件」

ある日、いつものメンバーで遊びに行こうということになり、健が恵理子の家に呼びに行くと、母親は、

「佐治という人と一緒に出ていった」

と答えたという。

「なんだって。なんで俺の彼女が佐治と一緒なんだよ」

いきり立つ修二。しかし、修二以上に興奮状態になったのが健だった。

とにかくみんなで佐治のアパートへと向かった。

「おい佐治、いるか？　恵理子、来てるだろ」

と修二が声をかけると、鍵をかけて出てこない。

「学、おまえ、窓側の木に登って、中を見てきてくれ」

ドアとは反対に回り込んだ学は、すぐに息を切らして戻ってきた。

「まっちょ、大変だ！　あいつら、布団を敷いて…」

学が最後までいう前に、健がキレた。

「佐治、あのやろう。まっちょ、あいつ、ぶっ殺してやろう！」

とわめきながら突進し、ドアをぶち破った。


健はそのまま中へ土足で踏み込んだ。佐治は体を布団でぐるぐる巻きにし、台所の包丁を手に持って対抗した。それを見た健は、佐治の足を払った。佐治は布団ごとひっくり返って包丁を取り上げられ、健が布団から出ている佐治の顔をボコボコッと力任せに殴りはじめた。


この頃には、修二は呆れかえって、もう怒る気にもなれずにいた。

「健、もういい、それくらいでやめとけよ。本当に死んじゃうよ」

「こんなヤツ、ぶっ殺したってかまうもんか！」

「殺すとしたら、つき合ってる俺だろうよ」

そんなやりとりを、冷静な面持ちで見ていた恵理子が、突然、修二に近づき、思いっきり頬を平手打ちした。

（なんで、俺が叩かれなきゃいけないんだ？）

茫然とする修二だった。


このときの恵理子の気持ちを修二はあとで知った。

佐治を恵理子に紹介したのは修二だった。それでなくても、自分はこんなにも修二のことが好きなのに、あまりかまってくれない修二を恵理子はもどかしいと感じていた。そこに、別の男を紹介したことで腹が立ち、わざとヤキモチを焼かせるようなことをしていたという。

そういえば、佐治にやけに親しげにするなと思うこともあったが、彼氏の友達だからかなと考えていた。今にして思えば、その前から健とも親しげにしていたことに、やっと気づいた。

修二が、自分がほかの男とイチャついているのを黙認した。つまり自分のことなんて好きじゃないと思い込み、それに失望した恵理子はヤケになり、だったら佐治といくところまでいってやるとこの日考えたのだという。

それを聞いた修二は、

（勝気な恵理子らしいかもな。それにしても、俺はやっぱり女心の機微を推し量ったり、恋の駆け引きしたりするのは、本当に苦手だ）

と改めて自覚した。

そんなことがあったので、当然修二は、

「恵理子、俺はおまえとは二度と会わない」

といい、自分と恵理子との縁はそれですっかり消滅した気分でいた。

さらに自分のつき合った女が、そんな女だったと知った修二はしばらく落ち込んでいた。けれども、もっと驚いたのはそのあとの展開だった。


というのも、どうも最初から健は恵理子に気があったらしく、修二が恵理子とつき合うようになってから、修二にはこんなワルなところがあると、あることないこと恵理子に吹き込んでいたのだ。

初めのうちは、あまり信用していなかった恵理子も、佐治の一件で、健の自分への熱い思いを感じたらしい。事件のあとそんなに間をおかず、修二から健に乗り換えるという、悪女らしさを見せた。

健が、『霧の中のジョニー』でデビュー後すぐ人気者となり、『さすらい』という大ヒット曲を持つ人気歌手、克美しげるに似ていたことも、彼女の心を動かす一因となったようにも思う。

やがて恵理子と健が八王子で同棲しはじめたことを口伝えに知った修二は、さすがに腹の虫が収まらず、学と一緒に乗り込んだ。

競馬好きの健が、競馬で儲けて建てたという家のドアをノックし、出てきた恵理子を見た二人は驚いた。そこにいたのは、すでに妊娠数カ月と思しき妊婦だった。

こうして恵理子との縁は完全に切れた。


この事件だけではなく、健には不良という以上に、常識が通じないというか、ちょっとイカれたところがあった。その最たるものは、佐治事件よりも前の、西原智子という、修二の中学の一学年下だった獣医の娘に関する出来事だ。

当時、橋幸夫、西郷輝彦とともに「御三家」と称されたアイドルが舟木一夫だ。彼の一九六四年公開予定の主演映画『夢のハワイで盆踊り』の相手役の公募で、智子は最終審査まで残り、修二たちの周りではちょっとした有名人だった。

健は、修二が智子の電話番号を知っていると知るやいなや、電話をかけさせた。

智子が出るとすぐ勝手に電話を代わり、

「西原さんですか？　僕にヤラセてください」

と信じられないことをいい出した。

最初に電話したのは修二だったから、これは大変なことになると思い、

「バカ野郎！」

と怒鳴りつけ電話を代わり、智子に詫びを入れ、修二は電話を切った。

ヘラヘラ笑っている健を睨みつけたが、健はどこ吹く風といった様子で、そのイカれぶりを発揮した。

時代はベンチャーズからビートルズへ

いろいろなことが起こるなかで、音楽、それもバンドの世界には大きな変化が訪れていた。バンドが演奏する曲が、ザ・ベンチャーズのようなインストゥルメンタルから、ザ・ビートルズの出現で一気にヴォーカルの入った曲に塗り替えられていったのだ。

ビートルズに関しては、日本で知られるようになる前から、修二は彼らの音楽に触れていた。

というのも、中学の同級生に平沼晶仁という、とある企業の専務の息子がいた。彼の兄はドイツに留学中に、デビュー前のビートルズがドイツでリリースした「トニー・シェリダン&ザ・ビート・ブラザース」の録音による『マイ・ボニー』などのレコードを購入して帰国していた。修二もそれを聴かせてもらっていたので、日本ではまだ知られていない時点からビートルズの音楽を知っていたのだ。

やがて、日本の新聞などでも「ビートルズというバンドが人気で、マッシュルームカットで……」などと取り上げられるようになる。

こうした状況下で、修二も新しいバンドを組む時期が来たのでは、と考えるようになっていた。その後、ほかのバンドのメンバーや、楽器店で知り合った音楽好きたちと一緒にバンドを組むようになったものの、どのバンドも長続きはしなかった。

そこに、ビートルズが日本公演をおこなうというビッグニュースが届き、日本中を沸かせた。

偶然、中学時代のガールフレンドからそのプラチナチケットを入手した修二は、生演奏が聴けると胸を高鳴らせて行ったのだが、周囲の黄色い悲鳴にかき消され、演奏がちっとも聴こえない。そんな悲惨な結末が待っていようとは夢にも思っていなかった修二だが、時代の変化を感じられる良い機会となった。

そんなときに修二の前に現れたのが、中学の同級生のコータこと城島浩介だった。コータもすでにベーシストとして何組かバンドを経験し、バンマスもしていた。だから、どちらかといえば、別なバンドのメンバーである修二とは、張り合っているような関係だった。

しかしコータもまた、時代が変わっていくのを目の当たりにし、ビートルズのようなハーモニーで魅せるバンドをつくりたいと考え、バンド活動をしている修二に声をかけたのだ。修二にリードギターを頼んだときには、すでに「ボギーズ」とバンドの名前も決めていた。

さらに、同じようにバンド経験のあるミヤこと宮野晃弘が、サイドギターとして参加することになった。ドラムは、最初はテクニックのある黒崎隆行に声をかけたものの、その後、悪さをしてシャバにはいられなくなる。

このときがボギーズの初期とすると、いい出しっぺのコータがバンマス、修二、ミヤ、黒崎の四人が初期メンバーとなる。

そのあと、黒崎の代わりのドラムを見つけるべく、オーディションをすることになった。結果、金持ちのボンボンのシーナこと仁科義彦に決まる。シーナは、きちんと先生についてドラムを習っていたので、二歳下とは思えないほどの腕前だった。

そして、バンマスのコータがなにより欲しかったのは、ハモりも含めビートルズナンバーを完璧に歌いこなせるヴォーカルだった。


その頃、バンド練習は、コータの家である材木屋の作業場でしていた。

ある日、練習中にやってきたのが、ヴォーカルを探していると聞きつけたハーフのマークだった。

同行していたカズこと松本一良と、一緒に「If I fell…」と、アルバム『A HARD DAY'S NIGHT』に収録された「If I Fell」をハモりながら入ってきたとき、修二たちはそのうまさに驚き顔を見合わせた。

「すごいじゃないか、こんなにきれいにハモれるヤツがいるなら、俺らが歌うよりよっぽどいい。バンドに入れちゃおう」

とコータはベタ褒めし、こう声をかけた。

「一緒に、ビートルズを目指そう」

そんなコータの誘いを、二人も了承した。

「高音のハモリはやっぱり、まっちょだよな」

とのみんなの意見から、結局は修二もハモリで参加することになり、自分たちの演奏する曲はすべてそらで歌えるようになった。


バンマスは、コータに代わって、バンドに入って早々〝掟〟をつくるなど、ヤル気満々のヴォーカルのマークということになった。リードギターをコータ、サイドギターをミヤ、ドラムをシーナが担当。セカンドヴォーカルを修二、コーラスをカズ、ダイこと横山大輔を加えた七人編成の「第二期ボギーズ」が本格的に始動する。


シーナの姉の嫁ぎ先が、青山通りに面した二、三百坪もあろうかという大名屋敷跡に建つ大邸宅で、

「姉さんが、空いている部屋があるから、使っていいっていってる」

と聞いたみんなは、

「シーナ、ヤルじゃないか」

と喜んだ。

さすがに、修二の家のガレージでの練習のように大音量ではできないけれど、場所が場所だけに、練習場&溜まり場としてみんなのお気に入りのスペースとなった。

まだ、表参道のランドマークはキディランドぐらいしかなかった時代のことである。

ディスコのオーディション

こうして結成されたボギーズは、あっという間にバンドとしての実力をつけた。

その頃、ダンサーとして一時代を築き「社交ダンスの父」と称される中川三郎が、全国にダンススタジオを設立して社交ダンスを普及させていた。彼は新しい事業をはじめ、一九六五年から新宿や恵比寿に生バンドの演奏で踊れる店を開店させていた。そして翌年には、銀座にもバンド演奏がある店をオープンさせていた。

グループサウンズの初期を牽引してきたザ・スパイダースの人気が陰りを見せ、次なるスターバンドが必要とされた時期でもあった。

最初、ボギーズは、中川三郎の三女の中川ゆきがオーナーの、恵比寿にあるディスコティック『ゆき・ア・ゴーゴー』のオーディションを受けた。これは派手なパフォーマンス好きなミヤの発案で、合格後は生演奏のバンドマンとして出入りするようになる。

そこには一九六七年にメジャーデビューし、瞬く間に人気者になる直前のザ・テンプターズのメンバーもよく顔を出していて、同時期にオーディションを受けていた。ギター担当の田中俊夫と修二は同世代だったこともあり、よく話をした。同時期にオーディションに受かったザ・モップスの鈴木ヒロミツともなぜかウマが合った。

ディスコティックの月イチの人気投票では、この三バンドで、一位ザ・テンプターズ、二位ザ・モップス、三位ボギーズと、上位を独占していた時期もある。

やがて、三組ともプロにならないかとスカウトされたが、ボギーズにはプロになりたいというメンバーはおらず、プロデビューする未来は描けなかった。

この店のオーディションを受けたとき、思いがけない人物がいて、修二は大いに驚いた。あのたっちんがウエイターとして働いていたのである。

その姿を見て、

（そういえば、たっちんは昔から料理がうまかったし、ひと懐っこい性格だったから、客商売には合っているかもな）

と修二は納得した。

しかし実際にはまだこのとき、たっちんはヤクザの世界にいたのだった。

原宿で大乱闘

ボギーズのメンバーでも修二やコータら赤中出身者の遊び場は、もっぱら原宿か青山界隈だった。

当時、原宿にはナンパ師がたくさんいて、長髪だったバンドメンバーは、よく男にナンパされるという、いまなら不思議に思われるようなことがたくさん起きた。

そんなときは、

「バカ野郎ー、男だよ」

と普段より野太い声を出し、撃退した。

ビートルズ来日の年にデビューしたツイッギー（「小枝のような」の意味のこの名前も斬新だった）は、歴史上最も影響を与えたモデルの一人と称されるほど、世界的な人気を博した。

デビューの翌年、一九六七年、十八歳だった彼女は早くも来日し、ツイッギー旋風を巻き起こす。彼女のトレードマークであるミニスカートも大流行し、当時の佐藤栄作首相の寛子夫人まで渡米時にミニスカートを着用して話題になるほどだった。

そんなミニスカートの流行をいちばん喜んでいたのは、若い男性たちだっただろう。

ボギーズは、バンマスのマークが、

「ナンパしたら、バンドはクビ」

という掟をつくっていたから、ナンパはご法度だった。

けれども、ヴォーカル専門のマークとは違い、ほかのバンドのサポートもしていた修二やコータは、マークがいないときには、出演している店にたむろして、マークの掟を破り、女の子に声をかけることもあった。

とはいっても、相変わらず修二はほかのメンバーに比べれば奥手だった。

原宿の駅の近くに、あまり大きくはないが、ビルの地下と一階、二階にまたがった喫茶店があった。まだ流行りはじめたばかりのミニスカートをはいている女の子たちが結構いたので、その娘たち目当ての野郎どもも、その店には多く出入りしていた。

その日は、コータとバンドのメンバーではない友人と三人でその店に出かけることになった。その友人が、ミニスカートの女の子に声をかけてナンパし、一緒に店を出たところで、原宿界隈にたむろするチンピラたちが、

「俺たちのシマでなにしてんだよ」

と絡んできた。人数でいったら圧倒的にこちらが不利な状況だ。

いちばん後ろにいたコータが素知らぬ顔でその場から離れて、いつも自分たちの仲間がたむろしている新宿の店に電話をした。状況を説明すると、そこには十数人の仲間たちがいて、

「これからすぐに助けに行く！」

と駆けつけてきた。

一方、絡んできたほうは地元のヤツらだから、仲間たちがさらにわらわらと集まり、双方合わせると大層な人数が、日本初のドライブスルー『ルート5』に集合した。

結局、乱闘になってしまい、警察官も大勢駆けつけ、大混乱状態になった。

修二らは、自分たちのために駆けつけてくれた仲間には悪いと思いつつ、ほうほうの体でその場から逃げ出したのだった。

逃げる途中で、修二は、

(やっぱりナンパは俺には向かないな)

とため息をついていた。

そのときの女の子たちとは、また喫茶店で顔を合わせることもあり、仲良くなった。

ある日、待ち合わせに修二たちが遅れていくと、人気グループのギタリストがいて、女の子たちをナンパしようとしていた。

血の気の多い時期だったので、

「おいおい、俺たちの女に手を出すんじゃないよ」

とつい大きな声を出した。

いまになれば、本当は女の子たちのほうがファンで、ただ話をしていただけかもしれない、ただの若気の至りだったと思うのだった。

ハートを射止められた女性

バンドの人気が高まるなか、ナンパし放題の仲間を尻目に、修二がナンパにあまり乗り気ではなかった理由には、一人の女性の存在があった。千草友里である。

修二にとって友里は、自分から惚れた初めての相手でもあった。

彼女との出会いは、修二が「ボギーズ」解散後に改めて新しいメンバーを募り、「キークルズ」というバンドを結成したところからはじまる。リードギターのタカシやヴォーカルのツトムなど、ボギーズよりテクニックは上といえるバンドで、銀座の「ステップ・ヘブン」で演奏するようになる。

ある日、ある人気バンドがダブルブッキングしてしまい、中川三郎からの指名で、急遽キークルズが代わりに演奏することになった。場所は、横浜の本牧にあるライブハウスである。

友里はもともと、この人気バンド目当てでライブハウスに来ていたのだが、たまたまキークルズが演奏する日にも店に来ていた。その後もキークルズがそのライブハウスで演奏するようになると、友里も顔を出すようになり、修二やコータとも顔見知り以上に親しくなった。


修二とコータ、バンドでドラムを担当していた芳井は、〝赤中三羽ガラス〟と称してよく横浜で遊ぶようになっていた。なかでも芳井は横浜が大好きになり、アパートを借りるまでになる。余談だが、芳井のドラムの腕は、それほどでもなかったので、大事なステージなどには助っ人として村元ガクトに頼んでいた。

修二は横浜に遊びに行くときには、友里、そして彼女の友人のマキやユキも加わり、一緒に食事をしたりしていた。

このように、最初はグループ交際のような形から発展していき、男女のつき合いになった。

七里ガ浜にある彼女の家には、米兵たちのサーフボードがたくさん並んでいた。修二も米兵たちに習い、サーフィンに興じたことがある。

恋愛の罠

大学時代からの親友、盛本慎太郎が結婚することになり、地元の大分で式を挙げる少し前のことだ。

その頃も、修二がつき合っていたのは千草友里だった。友里には河本美代子という、仲良しの友達がいた。彼女も相当な美人だった。

戦前にハワイへと渡った美代子の母親は、戦後に彼女を産み、美代子が高校生になるタイミングで日本に戻った。

美代子はハワイ生まれのハワイ育ちだから、英語もペラペラで、おまけに華やかな美人だった。いまでいう「あざとかわいい」タイプともいえる。悪女とはまたちょっと違った感じではあったが、男を手玉にとるタイプの女性だった。

得意の英語を生かし、横須賀のＰＸ（米軍隊内の売店）で働いている美代子から、修二はいろいろな恩恵を受けた。基地内では、通常の紙幣であるグリーンダラーは使えず、レッドダラーと呼ばれるいわゆる軍票が通貨となる。

まだまだベトナム戦争が続く中、アメリカの海兵隊員でも金持ちの子弟たちは、いつ召集されるかわからないアジア圏ではなく、ヨーロッパ圏に志願していた。一方、日本に駐留する隊員の多くを占めるのは田舎出身者で、英語は話せても文字が読めない者も多かった。まだ若く、タバコを吸えないという者もたくさんいた。

そんな素朴な隊員たちが美代子の笑顔に勝てるわけもなく、美代子は、普通の日本人にはまだ手に入らない配給品だけではなく、レッドダラーさえもたやすく手にすることができたのだ。

手に入れた品々を売りさばくことで、修二もいくばくかの収入を得ることができ、タバコを横流ししてバンドのメンバーに喜ばれた。なにより、美代子と話すことで英語力がアップし、社会人になって夜の社交場で遊ぶようになってからは、海外がルーツの店の女の子や従業員との会話にも困らず、ジョークもいえたから、男女を問わず彼らの人気者になることができた。

しばらくして美代子は、友里を誘い、一緒に夜の銀座で働くようになる。修二に時間があるときは、お店が終わったあとに彼女たちを家まで送っていた。

ある寒い冬の日で、たっちんも送迎に同行していた。いつもは美代子を先に降ろして、そのあと友里を送り届けるのだが、なぜかその日は友里を送り届けるのが先になった。

美代子の自宅に着いたとき、

「寒いので、お茶でも飲んでって」

と誘われた。そのとき、修二はモーレッツにおなかが痛かったので、

「おなかが痛くてしょうがないんだ。トイレ貸してくれる？」

「いいわよ。それにいいものあるから、遠慮なく上がって」

といわれ彼女の部屋に上がらせてもらうことになった。

美代子は医者の娘で、お金持ちのお嬢様だった。大きな屋敷の離れに一人で暮らしていた。門の前には広いスペースがあり、修二の大きなリンカーンを停めたままにしておいても、なんの問題もなかった。

トイレから出ると、美代子が痛いところを温める遠赤外線の治療器具を用意してくれていた。それを使っておなかを温め、しばらく休むと、痛みはほとんど治まり落ち着いた。

修二は、

「そろそろ、帰るよ」

というと、

「もう遅いから、泊まっていったら」

と美代子に返された。おなかの痛みが治まり眠気を感じていたので、少しためらったが、

「じゃあ、そうするよ」

と従った。

その頃、クルマの番をしていたたっちんは、美代子から渡された毛布と温かい紅茶のせいで、すでに夢の中だった。

修二は、ソファーで眠ろうとしたが、

「寒いからこっちに来たら」

と美代子が手招きする。寒さには勝てず彼女に応じた。

修二は、体を棒のようにして美代子の隣に横たわった。彼女がいる身で、しかも隣にいるのは彼女の親友だ。絶対に手を出すわけにはいかない。緊張したまま眠れないでいると、美代子が耳もとでささやいた。

「それでも男」

そこまでいわれて、なにもしないのは男がすたると、修二は体を起こし彼女を見た。二人は当然のように結ばれた。

もともと美代子は、修二のことが好きだったらしく、彼女の甘い罠に見事にかかったのだ。結果的に、修二は美代子と付き合うことになる。

友里とはもちろん別れたがトラブルにもならなかった。しかし、友里とはつかず離れずの微妙な関係が続いた。

そんな顛末があった翌朝、なぜか彼女の家族全員が同席して豪華な朝食を食べてい

たときのことだ。なに気なく、

「今度、友達の結婚式で九州に行くんだ」

「私も連れて行って」

とすかさず美代子が笑顔で返した。

「私も九州に行ってみたい」

と母親までいい出した。


九州へは修二、河本美代子、美代子の母親の三人で向かうことになった。

フェリーでの旅路では早々に思い出ができた。フェリーに乗り込もうとしたら、スロープの段差にリンカーンの腹がつっかえたのだ。どうやっても動かないで困っていると、従業員が集まってきた。相談した結果、みんなで持ち上げて運ぶことにした。はたから見るとかなり滑稽なシーンだった。

温泉宿でゆっくりするなど旅も満喫し、美代子も母親も充分満足したようだ。

帰路は、新婚旅行に出かける盛本慎太郎夫妻と、フェリーで一緒に大阪に向かった。ここでもやはり、リンカーンを持ち上げることになり、みんなで笑うしかなかった。

関西を周遊する慎太郎たちとはここで別れ、修二たちは東名高速で帰京した。

河本美代子との付き合いは長続きしなかった。

修二には、恋愛の駆け引きで少し困った性癖があり、女性に追いかけられると逃げたくなるのだ。好きだといい寄られたり、相手が積極的な態度に出たりすると、どうも逃げ腰になってしまう。さらに美代子は、ＰＸから稼ぎのいい銀座に職場を変えたように、修二よりもお金に興味があったようだ。美代子は、なかなか手に負えない厄介な女だったのだ。

結局、千草友里とヨリを戻すことになる。

そのうち、仕事で多忙を極めるようになり、遊んでばかりもいられなくなったので、本気で友里との結婚を考えるようになってきていた。

ついに友里の家へ、結婚の申し込みに行った。ところが、ちょっとした行き違いが大事になってしまい、結婚することはできなかった。ただ、修二が一度目の結婚をしたあともしばらくは、友里との微妙な関係は続いた。

バンド活動に終止符

修二は、キークルズのほかにもいくつかのバンドを組み、ライブハウス以外にも、加山雄三の親戚が経営する「岩原スキーロッジ」などで、バンド演奏の活動範囲を広げていった。

バンドにまつわる思い出といえば、上野にあったライブハウスも忘れがたい。音楽好きのオーナーはいろいろな楽器に精通していた。駆け出しのバンドから、実力派のバンドまで、いろいろなメンツが客としてやってきては即興でバンドを組み、ビートルズやローリング・ストーンズなどさまざまな曲を思い思いに演奏するのをいつも楽しげに見守っていた。メンバーが足りないときには、どんな楽器でも自ら演奏して参加し、場を盛り上げた。

学生たちにとっては、なにより安さが魅力だったこの店を紹介してくれたのは、その風貌からみんなに「ジョン・レノン」と呼ばれていた男だった。ジョン・レノンもまた、長く親交を続けた一人である。

派手な出来事よりも、こうした地味な思い出がいつまでも心の奥底で息づいているのを、修二は「悪くないな」と感じている。


しかし、この頃から、一時苦境に陥っていた父の事業が再び息を吹き返し、修二も本格的に父を手伝うようになり、二時間ほどしか睡眠時間を取れない日々が続いた。

このままバンド活動を続けることは難しいと判断した修二は、自らバンドの解散を宣言し、マイ・バンドブームに別れを告げることになる。


ただバンドを解散後も、音楽は修二にとってなくてはならないものとなった。

特に、ビートルズナンバーには、結婚披露宴でも自ら歌ったくらい、大好きな曲が数多くある。そしていまでも、ふとしたときに口にするほど、ビートルズは修二の身体の一部となっている。

第六章

小学生からクルマ道楽

日野ルノーがスタート

修二がハマったものには、モトクロスやバンドの前にクルマがあった。クルマだけは、自分で初めて運転した小学三年生から、いままでずっとハマっている数少ない道楽だ。

あの日、父の修が、それまで〝同乗者〟だった修二に向かって急に、

「おまえも運転してみろ」

といい出し、日野がライセンス生産をしていたルノーの運転に挑戦させた。

マニュアルだったので、修二は最初のうち、なかなかうまく運転ができなかった。

そんな息子を見て、父は、次の日から毎日のようにつきっきりで教えてくれた。

当時、日野ルノー以外にも、いすゞがイギリスのヒルマンミンクスを完全ノックダウン生産していて、日本ではそちらも人気が高かった。ヒルマンミンクスは、就職後、自腹で購入するほど修二が気に入ったクルマでもある。

父のスパルタ教育が一カ月ほど続き、問題なく乗れるようになった。それからは夜になると、勝手に一人でクルマを引っ張り出しては運転するようになる。それほど、修二のクルマ熱は一気にヒートアップした。

もともと父が、かなりのカーマニアだったので、修二がそうなるのは不思議ではなかった。

小学六年生になると運転も自由自在になり、父の新車、クラウンを運転するようになる。ルノーに比べ大型車ではあったが、車両感覚に関してはルノーで充分に培われていた。

さらに、中学生になってからは、よく友達を乗せてドライブもしていた。

妾の佳代と近くのアパートで暮らしていた父は、仕事がうまく回りはじめると、東急が南武線の久地駅の高台に建設した高級分譲地の一戸建てを購入した。アパートは引き払って、佳代と彼女との間にできた子どもたちと一緒に住むようになる。

それ以前に、父は気に入ったクルマを次々手に入れており、MGAロードスターとアメ車のダッジ・ダートを、梅丘の家に置いていた。

佳代以外にも妾が四人いて、その日に通う相手によって乗るクルマを変えていたのだ。

修二は自宅にある二台も、父が使っていないときは自由に乗り回していたのだが、それまでのアパートとは違い、久地の新居にはじゅうぶんなスペースがあったから、そのうちに二台とも持っていかれてしまい、修二の父への印象はさらに悪くなった。

積載オーバーの悲惨な結末

中学校の頃はまだ子どもの部分も残っていたから、キャンプなどで秋川渓谷に行くと、修二は仲間と一緒に、川沿いをみんなで遡るなどして探検気分を味わっていた。よく見ると、渓谷には庭石に良さそうな石がたくさんあった。これは吉永学の屋敷で育んだ、いわば修二の目利きの才能が嗅ぎつけたものだ。

ちょうど修二の住む沿線では、各私鉄関連の不動産会社による宅地造成がどんどん進んでいた。庭つきの一戸建てもあったから、庭石の需要が増えていると聞いていた修二は、いつものように仲間たちを引き連れて、庭石の調達に行くことにした。

それには荷物をたくさん積めるクルマがいいということで、スバルのサンバーで出かけることにした。中古で購入したこのクルマのボディには、ペンギンの絵がペイントされていたので、仲間から「ペンギン」と呼ばれていた。サンバーはエンジンを乗せ換える改造をしていたので、そのパワーは倍増していた。このパワーアップが大きな災いを引き起こす。

みんなでペンギンに乗り込もうとすると、平沼晶仁が、

「まっちょ、俺に任せろよ」

と運転手をかって出たので任せることにした。

到着後、修二が庭石に良さそうな石を選別し、仲間たちがクルマにどんどん運び、帰路につく。

昼過ぎには、

「これ全部売れたらどんくらいになるかな」

早くも、取らぬなんとかの皮算用をはじめるヤツもいた。

そのうちに雨が降りはじめ、だんだん激しくなっていった。

平沼は降りしきる雨の中、面白がって次第に加速していった。ガソリンスタンドが近くに見えてきた直後、平沼がクルマをスリップさせてしまい、そのままガソリンスタンド横の電柱に激突した。

シートベルトなどない時代だから、助手席にいたカズはフロントガラスに突っ込み、頭がパックリ切れて血だらけになっていた。ほかのみんなも血だらけだ。後部座席でたまたま前方を見ていた修二は、シートの隙間にすっぽり体が沈んだため軽傷で済んだ。

「なにやってんだよ」

声を荒らげると、平沼は、

「ごめんよ」

といって、みんなに頭を下げ、

「事故ったこと、なかったことにしてくれ」

と頼み込んだ。

誰の目にもクルマはもう動きそうもないことがわかった。ガソリンスタンドの従業員に、持っていた金を渡し、明日引き取りに来るからそれまで預かってくれと頼み込む。

救急車を呼ぶことはできないから、カズの頭の傷を、破いたシャツでなんとか止血し、みんな血だらけのまま電車で帰宅した。ほかの乗客の冷たい視線を浴びながら、なんとかそれぞれの家の最寄駅までたどり着くことができた。

十八歳の愛車はミキサー車

修二自身が、自分専用のクルマとして初めて購入したのは、マツダの中古の軽三輪貨物だった。当時は十六歳で自動二輪普通免許を取得でき、自動三輪の軽免許も一緒に取得することができたのだ。

ただし、すでにいろいろな名車に乗っていた修二にとって、三輪車はすぐに飽きてしまう対象だったことは容易に想像できた。実際にそうなり、購入した二台ともまもなく売ってしまった。

修二の自宅の近く、赤堤通りから入り込んだ道は、幹線通りから入った生活道路としてはかなり広い道だった。そこには、生コン業者が所有する、プリンス自動車工業のクリッパーや新三菱重工業のジュピターという二トン車、三トン車のミキサー車などが停めてあった。

修二は、普通免許を十八歳で取得したあとには、ミキサー車の運転もするようになり、ミキサー車はミキサー車で面白味があると感じていた。

よく修二は子分たちにこんな話をした。

「ミキサーはよ、デコンプなんだよ。燃料がディーゼルで、ガソリンじゃないからキーをオフにしてもエンジンは止まらない。エンジンを切るときは、デコンプレバーを引き燃料をカットしてエンジンを止めるんだよ。エンジンブレーキかけるときに、デコンプをぐーっと引いて、これをスポーンと戻すと、まっ黒い煙がブォーと出る。それがまたいいいんだよな」

朝、運転手たちがやってくるまでは、大型トラックもたくさん並んでいた。

これらのトラックで、取引先に袋セメントを配達するアルバイトをするようになってからは、キーを預かっていたから、こちらも自由に乗り回すことができた。

こうした、仕事に使っているようなクルマでも、修二は着実に運転技術を上げていった。

車名からよみがえる思い出

修二が最初に購入した四輪車は、当時大流行りだったカローラだった。

ただし、購入後すぐに、みんなで板バネをハンマーで叩いてペッタンコにした。ウェーバーのキャブレターも装着し、チューンして馬力をアップしたいっぱしの改造車になった。修二の周囲では、こうしたカローラのシャコタン乗りがどんどん増殖していた。


そんな〝走り屋〟の修二は、スバル・サンバーに乗りだすと、すぐに〝飛ばし屋〟となった。サンバーでは、路地から幹線道路へ出ようとした目の前を、猛スピードでトラックが通り過ぎ、気がついたらクルマのフロント部分が吹っ飛んでいたという鉄板の笑い話もある。

ほかにも、ファイヤーバードで渋谷からの帰り道、わざとタイヤを空転させ、あたりを煙で真っ白にした。下田の海に向かったときは、山道でリンカーン・コンチネンタルのブレーキを踏み過ぎて、ベーパーロックを起こしてブレーキが全然きかなくなった。あわやという瞬間、緊急避難所の砂に乗り上げて助かったなど、オモシロ話には枚挙にいとまがない。


黒崎には安く譲ってくれと頼まれ、トヨタのクラウン・エイトを売ったことがあった。その足で彼女のところに向かう途中、明治通りでエンジンが止まり、おまけに火を吹いて、消火器を使うまでの大騒ぎになったと聞いたことがあった。

「黒崎、おまえは、ほんとオモシロ話が良く似合うな」

と修二は大笑いした。

このあとも、黒崎は数々のオモシロ話を提供してくれた。

修二が、初めて買った外車はビュイックだった。

製造は、デイヴィッド・D・ビュイックが設立した「ビュイック・モーター社」が起源で、その後GMの傘下に入り、第二次世界大戦後はハイミドル向けの高級車として日米で高い人気を得た。

アメ車への憧れはずっとあり、GMではポンティアック・ファイヤーバードのトランザムなども購入した。

イギリス車のMGBのように、当時、贅沢装備とされていたパワーステアリングもパワーウインドウもなくて、二、三年で飽きたクルマもあった。

なかでも大学一年生のときに購入した、GMのシボレー・インパラは、当時の修二にしては五年間と長く乗っていた。このクルマには、恋人の千草友里との思い出がたくさん詰まっている。

父の会社に修二と仲のいい同年代の男がいた。彼は給料を前借りするほどのバクチ好きで、修二はオケラというニックネームで呼んでいた。オケラにある日、

「俺、熱海にいい仲の芸者がいるの知ってますよね。今度の日曜あたり、熱海に連れ

て行ってくださいよ」

と懇願された。

そこで千草友里、彼女とよくつるんでいるマキとユキ、そしてバンド仲間の芳井とコータに声をかけて熱海に向かった。インパラの運転はオケラに任せた。

車中でゲームに興じているうちに、野球拳をはじめることになった。オケラはその間、トランクに閉じ込めておいた。

なぜかその日、友里はコータ相手に負けっぱなしだった。

最初はサングラスだの帽子だのでお茶を濁していたが、負けが込んでワンピース、シュミーズまで脱ぎ、とうとうブラジャーとパンティだけになってしまったので、誰もが降参すると思った。ところが意地っ張りな友里はそこでやめずに、

「なにボーッとしてんのコータ。まだ負けじゃないわよ」

そう友里に急かされては、コータも続けざるを得ない。

その後も友里に分が悪く、とうとう最後にはスッポンポンになった。

みんなが、

「オーッ」

と歓声を上げる中、修二はそれに苦笑しつつも、

(なにもみんなの前で、スッポンポンになるまでやらなくていいのに……。でも俺は、こういう強気なオンナが大好きなんだよな)

と、そのキップの良さを誇りたいくらいの気分だった。

一方で、

(ここまでムキになるなんて、コータのことが気になってるんじゃないか)

と、女心の裏を読むことも、少しはできるようになった。


国産車のいすゞ・ベレットにも乗っていたこともあり、常時ほぼ二台のクルマを同時に所有していた。

修二が二十歳のとき、父から真砂興業の社長になれといわれ、本格的に事業にかかわることになった。その際に社長になる条件として、自分専用のクルマを要求した。父はその条件を呑み、修二はフォードのリンカーン・コンチネンタルを手に入れた。

実はその前から、J・F・ケネディが死の直前まで好んで乗っていたという、一九六二年製のリンカーンがとても欲しかった。入り浸っていた上野毛の中古車屋のオヤジに、格安で売ってもらえるよう話をつけてあった。

金の工面をどうつけようか考えていたところに、タイミング良く父から社長になるようにいわれたので、内心では、

（しめた！）

と喜んだ。

修二はついに憧れのクルマのオーナーとなった。

この頃から、修二の周りには複数の女性が同時に存在し、彼女たちともつき合うようになる。有名女優そっくりの美女。会うたびに高額なプレゼントをくれる痩せっぽちの女性。スキー場で知り合った超美人のわがままな女子大生。誰もが魅力的な女性だったが、自分から惚れた友里に対するほどの感情を抱くことはできなかった。

お気に入りだったリンカーンは、二十五歳ぐらいまで乗っていた。

たっちんが通っていた代田橋のクラブに勤めていた西田明子と、リンカーンでデートしてつき合うようになったのは二十三歳ぐらいのときだった。明子は六本木のお店へ移ったが、彼女の寮の部屋へも出入りするようになった。しかし、明子は修二を放任することはなく、ストーカーめいたことをはじめたので、修二は連絡を絶った。

そのあとつき合ったのは、アイドル級にかわいい子だった。その子は山口美紀といって、会社の近隣で評判となるほどの美人だった。一世を風靡した往年の台湾出身アイドルと見まごうばかりのかわいさで、愛くるしい笑顔が輝いていた。いつも会社の事務所の前のバス停で、彼氏がクルマで迎えに来るのを待っていた。

ある日、美紀がバス停でさめざめと泣いているのを偶然見かけ、思わず声をかけたのだ。

「いま、とても寂しいの。どこかに連れてってって」

といわれ、リンカーンでドライブに出掛けた。美紀は彼氏と別れたと修二に告げ、このことがきっかけで二人はつき合うようになった。あまりにかわいい彼女に有頂天になっていたが、半年後にフラれてしまった。理由はいまでも定かではないが、仲間たちは、『あの素晴らしい愛をもう一度』を歌って励ましてくれた。

女とクルマの関係

少しときが流れ、修二は一度目の結婚をした。

修二が二十五歳のときに結婚相手に選んだのは、真紀という女性だった。姉は有名女性月刊誌の表紙を飾るトップモデルで、彼女も劣らぬ美人の売れっ子モデルだった。

真紀とは、いとこからの紹介で知り合った。彼女が借りていた伊豆の別荘を引き払うことになり、手伝うことになった。そのまま泊ることになった夜、真紀と結ばれた。

新婚生活は目黒のアパートからはじまったが、さすがに手狭だった。そこで思いついたのがバスを利用することだ。

知り合いに中古バスをアジアに輸出する仕事をしている会社があった。修二は以前この会社で、地方に行ってバスを引き取り、そのバスを東京の会社まで運転して運ぶというアルバイトをやっていたことがある。

その会社の中古バス二台を安く譲り受け、オケラにも手伝ってもらい改造することにした。運転席以外の座席を外せば、バスの車内にはかなりのスペースがある。リビング、キッチン、風呂をつくっても問題なかった。

問題だったのは公道を走れるように車検を通すことだ。一度目に鮫洲の車検場に行ったときは通らなかったが、偶然にも知り合いの中学校の先輩が担当官だった。彼から車検に通るように改修するのがうまい自動車整備工場を紹介してもらい、アドバイスを受けたので、二度目は無事に「検査ＯＫ」となり車検証の交付を受けた。

もう一台のバスは物置にし、二台とも敷地に余裕のある会社の生コン工場に停めておいて利用した。

バスをベースにしたキャンピングカーなど、当時は誰も持っていなかっただろう。このバスで小さな娘と妻を連れて、いろいろなところへ出かけた。

この頃の修二は、ネオン街で自分も楽しみながらの接待続きで、夜に帰宅しないことが多くなっていた。真紀はついに三人の子どもを連れて出て行ってしまい、彼女の実家近くの一軒家に移った。その後、修二の所有する葉山の別荘などを転々とした。

真紀のとった行動は仕方ないと思うが、子どもたちには会いたかったので、修二は生活費を持って月一回は住まいを訪ねた。

その後、お定まりのベンツにも乗りたいと思ったが、それは父がメルセデス・ベンツ600を購入したあとになってやっと許された。それも〝ランク下のベンツなら〟という条件つきだった。

「クルマぐらい、俺を超えるんじゃない」

といわれたこのときは、父の言葉を苦々しく思った。

父への恨みを晴らすというのではないが、しばらくたってから、自分で資金調達し注文から三年間待って、日本で最初にメルセデス・ベンツ300SL、ガルウィングの名車を購入したときには溜飲を下げた。

ところが、このガルウィング購入に異を唱えたのが、三番目の妻のクララだった。

「新しい女のために、このクルマ、買ったんでしょ」

と邪推してうるさかった。以前、

「親父は妾の数だけクルマを持ってて、出かけるときは相手によって乗り分けていたんだよ」

と修二が口を滑らせたのを覚えていたらしく、そんな男の息子である夫も同じようなことをしているに違いないと考えたようだ。

（そりゃあ、彼女くらいは何人かいるけど、親父のように妾を囲うようなまねはしてないよ）

また、口を滑らせそうになったが、このときは心の中だけに留めた。


あまりにもクララがうるさくいい立てるので、すでに成人して独り立ちしていた長男に大きな車庫のある家を借りてもらい、クルマを置かせてもらうことにした。それでも、なんとなくケチがついた気分になったので、何度も乗らないうちに購入金額より安く売っ払ってしまった。

クルマ隠しを手伝ってくれた長男もまた、クルマが好きになった。修二が親しくなった、マリーナのオーナーから譲り受けた、初代ミニクーパーを欲しいとねだった。

これは遺伝もあるだろうが、父が小学三年生から修二に運転を伝授したように、修二も長男が三歳のときからトヨタのオートマチックのランドクルーザーの運転席に乗せ、運転の仕方をレクチャーしていたことも大きく影響したはずだ。

長男は、現在、古いダットサンブルーバードSSSがお気に入りのようだ。ほかにも、修二のまねをしてマツダのディーゼル車、バイクも所有するなど、マニアに育ったというわけだ。

現在、修二が所有しているのは、マツダCX－8、メルセデスAMGのゲレンデヴァーゲン、そしてイギリス車のアストンマーチンDB11だ。これはミッションがボタンで、中学時代に乗っていた父のダッジ・ダートと同じところが気に入っている。どれも、それぞれに魅力のあるクルマだ。

これまでいろいろなクルマを購入し乗りこなしたが、いくつになってもさまざまなクルマに好奇心がわく。

第七章

ゴルフ三昧とネオン病

目の当たりにした骨肉の争い

真砂修二の父、修が勤めていた二子興業は、建設資材の製造販売業としてスタート、五年後には大手セメント会社の特約店となりセメントの販売なども開始した。そのときの土地の持ち主は、西野正蔵という近隣一帯の地主の老人だった。

修が、建材業の真砂興業株式会社を設立したのは一九五四年のことだった。父の会社も西野に土地を借り、建材業として登記しセメント販売もおこなっていた。会社が少し軌道にのると、営業力を活かせる上に利ざやの大きい、生コンクリートのプラントを展開しようと考えるようになる。それには、土地は持っているが現金のない西野も巻き込むのが、一番の得策とばかり、こんな誘い文句で話を切り出した。

「西野さん。俺は今度生コンの事業をはじめようと思っている。あんたも一枚噛まないか。あんたの土地を提供してくれれば、俺がそれを資本にして会社をつくり、儲けさせてあげるよ」

西野はこれを呑んだ。

すでに東京オリンピックや新しい地下鉄、そして高速道路などの建設が決定しており、業界の先行きは明るかった。以前からつき合いのある大きなプラントメーカーから仕事をもらい、

「先払いでお願いします」

とゴリ押しして、手形を切ってもらう形で銀行に信用を得て資金を調達し、プラント建設の費用にあてた。こうやって自分の元手なしに、大きな生コンクリートのプラントを備えた、真砂生コン株式会社を設立したというわけだ。

あとは生コンを運ぶミキサー車が必要で、こちらも以前から懇意にしていた日野自動車の営業部長に頼った。

「ミキサー車を買いたい。たくさん買うから、一台につき現金を相当額つけてくれないか。代金は後払いで」

ととんでもない頼みごとをした。つまり、ミキサー車を数十万円高く買うので、一

台につき現金数十万円を融資しろということになる。今後たくさん仕事がありそうだと予測はできたが、この話を呑んだ営業部長も相当に度胸がある。

購入したミキサー車は計四十台だったので、修は担保なしにかなりの運転資金を手にすることができたのだ。

このミキサー車も父好みで、ドラム部分が赤色で車体部分が黒色の目立つカラーリングになった。


当時の父のモットーを、修二はいまでも忘れない。

それは、

「他人の悪口はいうな。いえば百倍になって返ってくるから」

というものだった。

この言葉は父の苦い経験から発せられたものであることを修二は知っていた。さらに父は、「人は家族のために働く」という教訓も説いていた。

父には、特攻隊員崩れの前川一史という異父弟がいた。

前川は戦死こそ免れたが、戦後は仕事にあぶれていた。母親に泣きつかれた修は、前川を、事業が波に乗ってきたこの真砂生コンの専務にした。この異父弟はなかなかに根性が悪く、

「西野さん、兄貴が一人でこんなに儲けてるの、あんた知ってるかい？」

とある事ない事告げ口をしていた。

結局、前川は、自分の兄を裏切り、西野と一緒に修を会社から追い出した。

しかしトップがズブの素人の二人では、会社が長続きするはずもなく、あっけなく倒産した。

高校生になっていた修二には、衝撃の出来事だった。おかげで、以前のような暮らしができなくなったこともあるし、それ以上に、目の当たりにした身内同士の骨肉の争いには驚いた。良い意味でも悪い意味でも、大人への階段を昇りはじめた気がしていた。

驚きのパワーゴルフ

父の真砂興業のほうの仕事が広がりをみせると、その交際範囲もどんどん広がっていった。このことは、修二にも影響をおよぼし、さまざまな新しい出会いへとつながっていった。

その一つがゴルフだった。

真砂家からほど近いところに、父の取引先の会社の重役が住んでいて、稲城にある名門カントリークラブの会員だった。

「ゴルフはやりたいが、クラブまでの運転がしんどくて」

とその重役がこぼしたのを父は聞き逃さず、すかさず息子に送迎させることを申し出た。重役もその提案を喜んだため、修二はゴルフ場までの送迎のアルバイトをすることになった。ただ、送り迎えの朝と夕方以外は時間がとれるので、バンドの練習などをやっていた。
あるとき、メンバーが足りないというので、修二が急遽参加することになった。初めてのラウンドでのティーショットは、ほかのメンバーがあきれるほどの飛距離が出たが、大きく曲がった。

こうして、運転手兼メンバーとして参加しているうちに、良いスコアを出せるようにもなった。ただ、これも若さ故か、なかなかパットが思うように決まらない。修二のゴルフへの執着心の低さも災いして、いまだにこの弱点を克服するには至っていない。

それでも、パワープレーの飛ばし屋として、スコア的にはますますレベルアップしていった。

S商事とつき合うようになってから、ゴルフで先方の窓口の社員などと交流を深めることができた。こちらは夜の世界というオマケつきだった。

S商事には、有名私立大学のゴルフ部だったという萩原秀樹と、その相棒でやはりゴルフ好きの板倉俊司という修二とそう年の変わらない社員がいた。その萩原から、こう聞かれた。

「社長は、ゴルフやんないの？」

「最近はご無沙汰だけど、俺、ずっと前からやってるよ」

「実は俺、大学のゴルフ部だったんだけど、優勝したこともあるんだ。よかったら今度一緒にやろうよ」

「待ってました！」とばかり、修二が承諾すると、萩原はすぐに日にちを決め、自分が会員権を持っているゴルフクラブに予約を入れた。

修二は、久しぶりにコースに出るので、一回ぐらい練習に行っておこうと、近くのゴルフ場に行ったのだが、うっかりドライバーをそこに置き忘れてしまった。気づかないまま、当日を迎え、ゴルフ場で、さあスタートという段になって、やっと気づいた。

「あれ、ドライバーがないや」

修二が思わず口にすると、萩原がすかさず声をかけた。

「俺の貸そうか」

「サンキュ。でも、使い慣れていないクラブだと調子出ないと思うからいいよ。俺、スプーンでやる」


修二がスタートからスプーンで打つと、いきなり飛距離は三百五十ヤード出た。それを見た萩原は、驚くのをとおり越し、呆れた様子だ。

「なんだよ、これ。スプーンで打ったんでしょ」

「そうだよ、スプーンだよ」

「なんでこんなに飛ばせるの？」

「そんなの知らないよ。久々にゴルフやったからセカンド・ビギナーズラックかもな。でも、俺は高校生の頃からこんなもんだったよ」

そんな会話のあと、日頃からゴルフの腕を自慢していた萩原としては、

（こんなヤツに負けるわけにはいかない）

と思ったのだろう。力が入り過ぎてしまい、逆にボロボロのスコアに終わった。

一方、修二のほうは、気楽さもあり、ドライバーだと曲がってしまうショットが、スプーンだとちょうどいい具合に力が抜けて曲がらない。そのことも幸いし、ラウンドが終了すると、驚くことに萩原に勝っていた。

「こんなにブランクがあって、こんなにうまいなんて。なんてヤツなんだ」

と萩原は感嘆しきりだ。

しかし本当は相当ジェラシーを感じたようで、萩原はなにかにつけ、修二をゴルフに誘ってきては〝勝負〟とばかり、意気込んでプレーをした。

そして萩原は、もう一つの大人の世界でも修二と行動をともにするようになる。

S商事にはほかにも、スキあらばゴルフをしたがっている社員が数多くいて、噂の飛ばし屋のショットを見てみたいと、修二と一緒にラウンドしたがり、そのたびに参加するものだから、ゴルフの腕はさらに上がっていった。

アメリカで初のアンダーパー

M商事とM工業セメントがアメリカのセメント会社を買収した後の話だ。担当者がアメリカに視察に行くことになり、修二も同行することになった。

出張前に、担当者が組んだ予定表が届いたのだが、その行程を見てみると、たとえば、ゴルフ場のあるジョージア州やラスベガスに近い生コン工場を視察先に組み入れているなど、どう考えても、彼らが遊びたい側の人間だということが見え見えの計画だった。

仲の良い部長も同行するということで、アメリカに到着後は、ずっと一緒に行動した。もちろんゴルフも一緒に回り、満喫した。

そんな修二が初めてアンダーパーを達成したのは、アメリカのゴルフ場だった。それは、カリフォルニア州のパブリックコースで、時差ボケのまま空港から直行したときのことだった。すでに修二が、父から片腕として認められ社長に就任したあとのことだ。

アメリカのコースは日本のように複雑なつくりではないので、飛ばし屋が有利な点が幸いした。

この最初のアンダーパーにすっかり気を良くした修二は、父に命じられ、サンディエゴまで別荘の購入に赴いたときにも、絶対にゴルフをしようと目論んでいた。果たせるかな、カリフォルニアでいちばん高いゴルフ場でプレーすることができた。

このときも、M商事の担当者と一緒だったことから、修二のような若造でもプレーすることが許され、夢がかなったのだ。


いろいろな人と数多くのラウンドを重ねた修二は、

「ゴルフは人物を見る競技だ」

と、あるとき一つの境地にたどり着いた。

ゴルフは、如実にプレーする人の性格があらわれる競技だ。なので、一緒にラウンドすればその人物の評価ができて、ビジネス上でのつき合い方の参考になる。

たとえば、アンプレアブルを宣言すると、一打罰で有利にならない位置にドロップしてプレーを再開する。ところが、平気で有利な位置にボールを置いてプレーを再開するヤツもいるのだ。そういうヤツはビジネスにおいても、平気でルールを破る信用のできない人物の可能性が高い。

ちなみに修二が仲間内でプレーするときは、

「触るな！」

がルールだ。アンプレアブルでも触ると基本的には失格だ。

ただ、修二の会社の工場長は、そのルールを厳格に守り、氷が張った池の上のボールを打とうとして、冬の池に水没するという悲劇に見舞われたこともある。

夜の世界にいざなわれて

父の会社の社長に就いた修二を待っていたもう一つの世界は、ネオン街、いわゆる夜の世界だった。

そうはいっても、最初のうちは、地元の二子玉川と自由が丘付近の、飲み屋からのスタートだった。

一緒に行く相手も、砂利屋のオヤジやオケラなど気心の知れた者ばかりで、変に気を使う必要はなかった。チンチロリンでオケラたちから金を巻き上げ、その金で修二が支払いを全部していたから、いつも楽しい酒だった。

その頃、修二が通っていた歯医者に、根岸ゆかりという歯科衛生士がいた。明るくてノリのいい美人で、修二の大変お気に入りの子だった。いい感じに仲良くなってきたところで、

「うちの会社で働かないか」

と誘った。

「かまわないけど、先生がＯＫなら」

というので、歯医者に尋ねたら、

「かわりの子を紹介してくれるなら大丈夫だ」

との答えだった。

思案を巡らし修二が目をつけたのが、近所のガソリンスタンドでアルバイトをしている顔見知りの片桐静江だった。いつものように給油が終わったあとに、

「ねぇ、歯科衛生士になってみる気ない」

と聞いたら、

「うん。興味ある」

と二つ返事。早速、歯医者に紹介することにした。

静江は真面目だが、少し暗い感じがするというのが修二の会社内での評価だった。ただ看板娘だったわけだから、静江ももちろん美人だった。

拍子抜けするくらい簡単に、トレードは成立した。歯医者は、少しいい加減なところがあるゆかりより、真面目な静江を気に入ったようだ。静江は働きながら、歯科衛生士の勉強をすることになった。

一方のゆかりは、修二の会社で元気に働いた。深過ぎる関係にまではならなかったが、二人で食事をするくらいの親しさではあった。休憩時間になるとジャズダンスの

練習をしていたのが印象に残っている。働きはじめて二、三年たった頃、彼女の母親から懇願され会社を辞めることになった。

ゆかりの母親は、桜新町で『ともしび』というスナックを経営していて、ゆかりもときどき店を手伝っていた。美人の上に明るいゆかりは、その店で人気者だった。おかげでスナックは繁盛していた。そんなとき、お店の女の子が辞めることになり、母親はどうしてもゆかりに帰ってきてほしかったのだ。

ゆかりが会社を辞めてから、修二は仕事終わりに毎日のようにともしびに通った。大学の後輩を連れていくこともあり、行くたびに、ウイスキーのボトルを二本は空けていた。

夜の世界は「女に奥手」の修二を少しずつ変化させていった。

修二はまだ若かったこともあって、酒を飲むこと自体よりも、ちょっとしたいたずらをし、女の子たちを「キャー、キャー」いわせたりするほうが楽しかった。「ウケるいたずら三種の神器」ともいえる、爪楊枝、電子ライターや電気マッサージ器を使って男連中を巻き込んでは、女の子をからかっていた。

特に電子ライターや電気マッサージ器でのいたずら、通称「ビリビリ」は、女の子たち相手でも大丈夫ぐらいの強さの電流だったので、しょっちゅうやっていた。

爪楊枝は、飲み友達がトイレに行ったスキに、尖ったほうを上にしてスツールに隠れるくらいに刺しておくというもので、戻って座ると「痛え〜」となる。

これについては、なにも知らない女の子がやってきて勢いよく座って、流血（といってもたかが知れてるが）騒ぎになり、怒り心頭という感じになったこともある。

それを見た修二が、よせばいいのに、

「もしかして生理か」

とおちょくったものだから、グーで殴られた。

この頃テレビでは、ビートたけしがお茶の間の人気者になっており、冠番組の『天才・たけしの元気が出るテレビ!!』で、早朝バズーカなどの過激な内容がウケていた。

修二と飲み友達の間では、

「たけし軍団より、面白いことしようぜ」
が合言葉のようになっていて、椅子取りゲームをする際はお定まりで画鋲を置いた。そのうち遊びに行くようになった六本木界隈では、数学的なインチキマジックや、こちらもインチキな処女喪失の相手の名前をぴたりとあてる占いなどで場を盛り上げるようになる。

六本木のクラブに通うようになったのは、Sセメントの古賀と親しくなってからだ。古賀は、ボンボン育ちのわがまま男で、若くて美人がいる店にしか行かない。当然、お金のかかる高級店だ。そんな中で足しげく通ったのが『紫陽花』だ。ここは六本木の有名しゃぶしゃぶ店のグループ店で、女子大生が多いことで知られていた。

古賀が指名するのはいつも決まった三人の誰かで、その中でもハーフっぽいミエが特にお気に入りだった。彼の好みではない女の子がテーブルにつくと、一言もしゃべろうとしなかった。

修二は女子大生で和美人のひろみがお気に入りだった。ただひろみは、どんなことにもリアクションがなく、ほとんどしゃべらなかった。

グラスにウイスキーを入れ、コースターを押しつけるようにして空気を抜くと、グラス内が真空状態になり、逆さまにしてもコースターがくっついたままになる。逆さにしたまま十秒間頭の上でキープし、順に次の人へ回していくというゲームがある。いつものように紫陽花でそのゲームをやっていたときのことだ。

修二はいたずら心を起こして、誰にも気づかれないように、わざとひろみの頭上でウイスキーをぶちまけた。びしょ濡れになったひろみは怒って、大声でまくし立てた。いつもとまったく違うひろみに一同は唖然とした。

この出来事をきっかけに、修二はひろみと普通に会話できるようになった。聞けば、佐賀訛りがひどくてお客としゃべるのが怖かったのだそうだ。

「君はそのままでいいんだよ」

との修二のことばに安心したのか、ひろみとは仲良くなれた。

「俺は、ウケるならなんでもするヤツを見つけるのがうまい」

とも常々思っていた修二だが、自分自身もウケることが好きだと自覚させられた出来事がある。それは四十歳で胆石の手術をしたあとのことだった。

修二には、開腹した部分を縫ってもなかなかくっつかないという体質があった。このときは、手術自体も失敗だったのではないかと修二は疑っているのだが、いずれにしても術後、体質が影響したのかどうかも定かではないが、ガスがすぐ溜まるようになった。つまりは好き勝手にオナラが出るようになった。

オナラの成分はメタンガスだから、火をつけると青い炎になって燃える。

これは面白いと、気心の知れた仲間との飲み会限定ではあったが、ライターを持って待ち構えさせ、

「サン、ニー、イチ、ファイアー」

の号令に合わせて点火させる。

予想よりも大きな青い炎に、みんなが沸くと、修二は愉快犯のような達成感があった。

その度にズボンが焦げて履けなくなるのには閉口したが、

（まあ、それを口実に新しいスーツを新調できるからいいか）

と思い直した。

〝火遊び〟には、アルコール度数の高いブランデーの空きボトルを使うこともあった。

飲み終えてすぐなら、ボトル内に気化したアルコールが残っていて、そこに酸素を送り込み着火すると、一メートルぐらいの火柱が上がる。大きな歓声が上がると、テンションが上がった。

二十代、三十代の頃の修二は、飲み屋に行ったら、とにかくなにかしでかさないと気が済まなかったのである。

ゲイバーさえもテリトリー

それまでは苦手意識があったゲイバーに通うようになったのには、ゴルフ仲間の萩原が絡んでいた。

ゴルフだけではなく、夜の街に一緒に繰り出すようになると、萩原のテリトリーである新宿へと修二の行動範囲も広がった。

萩原は、ショータイムのある女の子のいる店、今でいえばキャバクラスタイルの『ジェラシー・エンジェル』がお気に入りだった。

この店は著名な女性歌手の弟が経営していて、毎夜毎夜賑わっていた。

ショーは二部制で、一部が終わる頃になると、萩原はソワソワしはじめる。それは、萩原が本当に好きなもっと本格的なサービスの風俗店に行きたいからで、いつのまにか姿を消していた。

修二のほうは、自分が好きでもない遊びにまで同行することはないと思っているから、一人残って、ここでもたわいない面白ゲームで毎回盛り上がっていた。

店に行く前には、女の子用の賞品としてぬいぐるみを用意した。それもただのぬいぐるみではなく、ちょっとした隙間に壱万円札を隠したものだ。

今、思えば、壱万円札も、聖徳太子まではありがたい感じがしたし、高額札だったが、福沢諭吉は「一万円」という感じで、価値が下がった気がする。

いまの日本の凋落を考えると、渋沢栄一は肖像にされるのはありがた迷惑かもしれない。

はじめは、口では、

「社長、ありがとう」

といいつつ、

（なんだ、ぬいぐるみかー）

とがっかりした顔で受け取った女の子が、

「お宝、探してみ」

と修二にいわれ、ぬいぐるみに隠れていた壱万円札を見つけると、パーッと明るい顔になった。


そんなことをして楽しませる修二が人気者にならないはずがない。

この頃には、女の子に対し積極的（とはいえ、なるべく向こうからアプローチするように仕向けていたのだが）になっていた修二は、店でも人気のあるかわいい子とつき合うようになる。

彼女は、昼間も働いているので、一部のショーの終演後は帰宅するのだが、たまにはアフターで別の店に行くこともあった。

歌舞伎町の『アダム＆イブ』という、やはりショータイムのあるゲイバーには、店のオーナーに気に入られていたこともあり、アフターでよく通っているようだ。

ある日、

「真砂さん。今日、まだ帰らなくていいなら行きたい店があるの」

といわれた。

「面白いママのいるゲイバーで……」

と聞いて、すぐに修二は、

「あーごめん。俺、前にそういう店に行ったとき、すっげえ嫌な目に遭ってさ。だから二度と行きたくないんだよ」

いくら惚れた相手でも譲れないものがある。

「そうなんだ。でも、そんな店とは違うと思うから。店の人たちみんないい人ばかりだし。私が保証する。お金も私が払うから一度だけつき合って」

そこまでいわれて断れば男がすたる。

「仕方ねえな。でも支払いは俺にさせてくれ」

渋々行ったアダム&イブだったが、陽気なスタッフがそろっていて、嫌な思いをした以前の店とはまったく違う世界だった。ショーも楽しめたし、なにより、会話のテンポとノリがいいのが気に入った修二は、入り浸るようになる。

しかし、楽しい社交場にも、嫌なヤツというのはつきもので、だいたいが金持ちのドラ息子の客と相場が決まっていた。

ジェラシー・エンジェルの客の中にもそうしたアホボンボンがいて、それもS商事の社員だったから修二も知らない仲ではなく、普段から生意気で気にいらなかった相手だった。

S商事の系列会社の社長の娘と婚約しているにもかかわらず、修二の飲み仲間のお気に入りの女の子にちょっかいを出していた。それを知った修二は、義侠心からケンカ沙汰になり、周囲は心配したが、すでに彼の上司たちとは信頼関係を築いていたので大事には至らなかった。

銀座デビュー

愉快なことがあると、仲間と一緒に楽しみたいと思うのが修二の常だったから、早速、いつもの飲み仲間や仕事相手なども新宿に誘うようになる。その中の一人が、飲み仲間で同業者の内海から紹介された、新宿にあるセメント販売店の窓口、草津興産の高島営業部長だ。

修二の、高島に対する最初の印象はこうだった。

「なんかヤクザみたいな人だな」

彼はそれほど強面の面構えだった。

しかし、何度か会ううちに、修二は、自分と同じように面白いことが大好きな高島とはウマが合うと感じていた。高島のほうでも修二を気に入ってくれ、「タカさん」「社長」と呼び合い一緒に夜の街へ繰り出すようになる。

新宿で一緒に飲むようになってさらに気安くなると、仕事上で関係が悪化していた藤下産業の成宮と、高島が親しいことが発覚する。

修二の決断で、セメントの仕入れ先をＭセメントオンリーからＳセメントも入れることになったときの話だ。Ｓセメントの窓口である古賀が、新しい取引先になる修二を、関係各社のメンバーにお披露目すべく集合をかけた際、一社だけ参加を断った会社の藤下産業の担当者が成宮だった。

高島を通じて、成宮と会う約束を取りつけた修二は、数日後、会社に成宮を訪ねた。するとそこには古賀の姿もあった。

あの日、姿を現さなかったのにはきちんとした理由があったことを、古賀と修二に説明した。その理由は、真砂興業と敵対関係にある豊国資材から、藤下産業が生コンを仕入れているからというものだった。確かに筋は通っている。

成宮は、丁寧に説明したあと、銀座のクラブを予約接待するという、粋な計らいをした。

銀座四丁目交差点、銀座のランドマークである和光本館前でタクシーを降りると、成宮が、

「店近くまでタクシーだと混んでいて時間がかかるので、ここから少し歩いていただきます」

といい、古賀が、

「いいよ、僕、夜の銀ブラ好きだし」

と応じた。

大通りから二本入った細い道を数分歩くと、一階にある分厚くて重そうなドアを成宮が開け、古賀と修二を先に通す。店内に一歩入ったとたん、シャンデリアのまばゆい光のもと、立ち歩くドレス姿のホステスたちに、修二は少々気おくれした。

着物姿の四十前後と思しき女性が入り口までやってきて、

「古賀さま、いらっしゃいませ」

とにこやかに迎える。

（彼女がママ？）

と修二が尋ねるまもなく、席に通された。


すぐに、四人の若いホステスたちが席に着く。向かいの席に座ったママから、

「ボトルをお出ししてよろしいですか？」

と聞かれた成宮は修二に向かって、

「ブランデーでよろしいですか？」

と聞き、修二が頷くと、ママがすぐにウエイターに合図した。


酒が用意される前に、神妙な面持ちで成宮は修二に、

「先ほども申し上げたように、いまは真砂さんのところとは取引はできませんが、いずれ取引できるようにいろいろと下準備をいたします」

と話しかけた。そして、

「さて、仕事の話はこれで終わりにしましょう。今夜は楽しんでください」

と満面の笑みをたたえた。

ちなみに、修二の銀座デビューは、この出来事の少し前だった。

銀座七丁目のビルのオーナーで、セメント販売店の社長に連れていかれたのが最初だった。九州料理の店で馬刺しなどを食したあと、クラブに行くのが定番ルートだったが、それほど回数を重ねたわけではなかった。

その後、古賀とはよく一緒に飲み食いする間柄となり、修二は、

（古賀さんってこんなに酒好きだったのか。それにしても、夜の世界には、こんな世界もあるのか）

と驚きの連続だった。

そして、この日を境に夜の銀座の世界へといざなわれていくのであった。

銀座へのいざない

高級しゃぶしゃぶ店で有名な飲食店グループは、多くの店舗を経営していて、銀座の老舗高級クラブ『ペルソナ』もその一つだ。

修二が通い詰めていた頃のひろみママは、修二がどんないたずらをしても、笑って

許した。また、タクシーを拾うのが困難なバブルの時代だったにもかかわらず、帰りのハイヤーがきちんと用意されていた。それは、ただ大きなお金を落とす客だからというのではなく、客を最後までとことん楽しませようというポリシーで、毅然とした雰囲気を漂わせていた。

さらに、ほかのさまざまな店に通うようになると、銀座のクラブのママという種族は、度量が大きい女性たちばかりだなと感心することが多々あった。

そうした、自分が信じた道をトップとしてとことん突き詰める姿は、業種は違っていても、学ぶべきところがあったと修二はいまでも思っている。

銀座に通い詰めるようになった大きな理由は、ひろみからの突然の電話だった。

ひろみが六本木の店をやめ、立派な会社に就職したので、しばらく連絡を取っていなかった。ところが、彼女は会社を辞め、銀座のクラブで働いているというのだ。その店がペルソナだった。銀座のクラブが高額なことは知っていたが、ひろみが便宜を図ってくれるというので、通いはじめた。その後、ひろみはいい顧客をつかんだおかげで、ペルソナのママになった。

修二は一度目の結婚をしていた。しかし、ひろみの昔を知っている上に仲が良かったので、深い関係の彼氏になるのにさほど時間はかからなかった。

ペルソナを一晩貸し切りにして、参加者百人規模のパーティーをしたこともある。

「うちの女の子たちは、あなたには恩があるから、みんな来ると思うけど、一億かけて改装したばかりだから、気をつけてね。絶対に壊しちゃだめよ」

と、クギを刺されたから、ゲームは、ワサビ寿司のロシアンルーレットやスタンガン我慢ゲームなど軽めのものにした。

スタンガン我慢ゲームでは、一流会社の重役の息子が根性を見せて、我慢に我慢を重ね、優勝し、五十万円をゲットした。決勝戦まで残った五人の店の女の子には、それぞれに賞金十万円を渡した。相変わらず修二は、人が楽しむ姿を見るのが好きだった。

しかし、同席した中には、

「あんなふうに金で人を動かしていいのかな」

と苦言を呈する者もいた。

少し反省材料にはなったが、強制したわけではない。本人たちが喜んでやってるんだからいいだろうにと修二は思った。

確かに修二は「太い客」だったが、ママが好意を持っていなければ、店の女の子たちまで参加させて、こんなパーティーを許すことはない。女の子たちだって、理由をみつけてこなければいいだけだ。

最初は、重役の息子に対する自分の態度が気に入らなかったのかと思ったが、どうやら、彼が気に入ってる女の子が、決勝戦に残った五人の中にいて、賞金をもらい修二に抱きついたのが気にさわったらしい。直接ではないけれど、これも〝女難の相〟か……。

夜遊びしているときは、冗談が過ぎて女の子に殴られたこともあったし、自分にはまったくとがないとまではいわない。しかし、思い起こすと小学校や中学校、高校でのちょっとした事件や、雇った家政婦に金品を盗まれたこともあった。離婚も二度経験しているのだから「女難の相」はあるのかもしれない。

その逆に、夜の世界には、「幸運の女神」がいて事業が成功したのかもしれない。

夜の世界で業績拡大

Sセメントとの関係を築くきっかけとなった古賀とは、銀座での接待以後、ますます関係が深まっていった。同時に、今後、会社を大きくしていくには、いろいろ人脈を広げたほうがいいという思いが修二の中で強くなった。

新宿で一緒に遊んでいた高島は、大手商社Bの鈴木という課長を紹介してくれた。たまたま鈴木の住まいが上馬で、修二の会社と近いこと、なによりゴルフが大好きということもあって、すぐに意気投合した。この鈴木との出会いによって、一つのトラブルが解決する。それはなにかと真砂興業を敵視していた豊国資材の件だった。

一緒に飲む機会が増え、すっかり高島に気を許した修二は、

「実は、タカさん……」

と、豊国資材との関係について愚痴をこぼした。それを聞いた高島は、

「豊国資材って、目黒の？　あそこにセメントを入れているのBだから、鈴木さんにいえば、豊国の国生社長と仲直りできるんじゃないの」

という。

藤下産業の成宮にも確認すると、

「豊国にとって鈴木さんは確かに重要人物ですね」

との答えだった。

改めて鈴木に「これこれ、しかじか」と状況を話すと、

「よしわかった。私が音頭取りしましょう」

と快諾してくれ、すぐに自由が丘で社長に会うことになった。

国生社長は、

「いままでのことは水に流して、お互い今後は仲良くやっていこう」

ということでめでたく手打ちと相成った。

夜の世界やゴルフに明け暮れる日々は、ともすれば、兄弟などから批判を受けるこ

ともあったが、楽しむことは決して悪いことじゃない、と修二は改めて思うのだった。

このように、銀座のクラブの世界を知ってからは、得意先とは、まずは閉店時間の早い銀座へと向かい、その後、赤坂、六本木へと繰り出すのがコースになった。

それに錦糸町が加わったのは、錦糸町の代名詞ともいえるフィリピンパブだけではなく、ロシアンパブやイギリスパブなど種々の外国人パブが林立しはじめた頃からだ。その頃、日本でナンバーワンといわれた錦糸町のフィリピンパブ『エルドラド』は、美人ぞろいと評判だった。行ってみると、その噂に嘘偽りはなかった。もちろんそれなりの会計にはなるのだが。

はじめてエルドラドに行ったのは、二子玉川で通っていたフィリピンパブの知り合いの女の子が、その店にスカウトされ、彼女から店への誘いを受けていたのがきっかけだった。

いまでも忘れられないのが、得意先や友人を集めてその店で催した忘年会だ。

歌舞伎まがいの化粧道具やカツラなどを用意して、お客も店の女の子も思い思いに扮装し、どんちゃん騒ぎした。店にかなりの金額をつぎ込んでいた修二だからこそ許された宴で、朝方まで帰る者は一人もいなかった。

ウケればOK

修二が以前から飼いたいと思っていた、アフガンハウンド犬の雄と雌を一頭ずつ購入し、二子玉川にある会社所有の三階建てのマンションの、自宅があった最上階で飼うことにしたのは、二〇〇〇年の話である。

その頃の修二は、錦糸町のフィリピンパブのエルドラドに通い詰めていた。店を貸し切りにし、飲み仲間を集めてパーティーを開くこともあった。

あるときのパーティーでのことだ。いなりずしに生きた金魚を詰めて、ロシアンルーレットをやるなどのゲームで散々場内を盛り上げた最後に、

「これを食べた人には、五十万円プレゼントします！」

と司会者がいった。スポンサーはもちろん修二だ。

見た目は、砂糖をまぶしたかりんとうのようでもあるが、いかにも怪しい。ただのかりんとうを食べただけで、五十万円ものお金を手に入れられるはずはないのだ。会場のみんながいぶかしがった。そのとき、

「ハイハイ。俺、やる〜」

と一人だけ手を挙げたのがシロウちゃんだった。大きな歓声が沸き起こり、その中でシロウちゃんは躊躇なくそれを食べて叫んだ。

「くっせー!!」

会場がどよめく中、

「これは犬のクソでした」

と司会者がネタをばらした。会場から、

「ホントかよ」

「信じられないー」

と声がかかったので、シロウちゃんはその人たちの前に行き、息を吹きかけた。そうすると、みんなはゆがんだ顔をして、犬のクソだということに納得した。

ただ、この話には前段がある。犬のクソは、修二が安全を考えて、事前に煮沸して乾燥させ、砂糖をまぶしたものだった。また、動物の糞は、七十%が善玉菌だという話も聞いていたので、修二はあまり心配していなかった。それをパーティー会場まで運んだクルマには、シロウちゃんも同乗していて、その代物が犬のクソだと知っていたのだ。

「おまえ、なんてことさせるんだ」

といまなら非難されるかもしれない。

だが、あの頃は修二だけではなく、それを見たみんなが大笑いするのを、シロウちゃん自身も喜んでいた。

シロウちゃんは、それ以前にも、エイズが流行した当時にアメリカへ一緒に行ったとき、「STOP THE AIDS」というロゴの入ったコンドーム型の帽子をかぶり、得意満面のスマイルで周囲の喝采と失笑を浴びていた。それを見て、本気で喜ぶのが、シロウちゃんなのである。

シロウちゃんとは、一緒にオーストラリアにも行ったが、いつだってヤツの周りには笑顔が絶えなかった。

二人の外国人妻

アイルトン・セナが事故死したという衝撃のニュースが届いたのは、錦糸町のエルドラドではしゃいでいたときだ。その頃、亀戸に『ラビリンス』という店が開店した。ロシア、ウクライナ、ルーマニア、フィリピンと多国籍の女の子がいる店で、修二は下町の同業者たちと飲むときに利用するようになった。

その店で歌っていた少し憂いを含んだ美しい女性が、ロシア人のカーチャだった。モスクワ出身のお嬢様で、劇団に所属し歌手として活動していたらしい。カーチャは修二と、十九歳の年の差があったが、歌という共通点があり気が合った。徐々に親しくなり、一緒に海に行くようになると、その美貌と抜群のスタイルに圧倒された。

カーチャは二番目の妻となった。

ロシアレストランを経営することが、カーチャの日本での夢だった。修二は、惜しみなくその手助けをして、無事開店までこぎつけた。ただ、彼女との暮らしは儚いものだった。カーチャとの結婚生活は二年間だったが、一年のうち半分が日本で残りはロシアにいたので、実質一年しか一緒に暮らさなかった。とうとう裁判所の調停で別れることになった。

その離婚調停中、修二は横浜のミシャというベラルーシ出身の女の子とつき合いはじめた。伊豆の別荘に住まわせたりしたが、離婚が成立しないので身動きが取れず別れてしまった。

離婚調停の和解が成立するまで、二年がかかった。

三番目の妻となった女性はクララという。ロシア出身のモデルで、長身でスタイル抜群の美女だ。

クララはそのとき、二十二歳で修二との年の差は三十五歳だ。二歳半のリューダというかわいい娘が一人いた。修二との間には六年後にイヴァンという男の子が生まれた。

ネオン病の真実

「おまえ、ネオン病じゃねえのか？　なんでそうなっちゃったんだ」

父に突然そういわれて、

(親父うまいこというな)

と思った修二だったが、まさにそうした状態だった。

夕方になると、店の女の子たちから電話がかかってきて、ご丁寧にもそれに応じて店に足を運んでいた。接待で店に行ったのに、自分が本気で遊んでしまい、得意先が怒って帰ってしまったことは一度や二度ではない。

修二は、仲間と飲んで騒ぐのが大好きなのは間違いない。ただそれだけではなく、飲み会で儲かる仕事を見つけ出すのが修二の真骨頂だった。

飲み仲間の多くはセメント・生コン業界の関係者だから、接待などの宴席はつねに情報交換の場となる。修二は、たくさんの飲み仲間と毎日のように飲んでいたため、鮮度の高い多様な情報を仕入れることができた。また同じ元ネタの情報でも、立場によっていろいろな視点が加えられて違った情報になり、修二のもとに届くこともあった。それらを分析して、儲けのタネになりそうなものを見つけるのだ。そのタネに修二のオリジナルのカラクリを加えて大きな儲けを生み出すことに何度も成功した。

セメント・生コン業界の情報に明るい修二の会社は、関東にあるセメントメーカー七社すべてからセメントを買っていたこともある。逆に、業界でセメントが不足したときには、セメントメーカーにセメントを融通したこともあるほど、幅広い情報網を夜の世界で手にしていたのだ。

結果、接待費に年間五千万円以上使い、弟の修三にはとがめられたが、父は、

「それで三十億円を売り上げているのだから、まあいいさ。それよりも無茶して、身体、壊すなよ」

と逆に心配してくれた。夜の世界が、本当に面白くて仕方がない頃の話だ。

同じ病になったジョン・レノン

修二が父に〝ネオン病〟といわれたように、同じような病気にかかっていたのが、錦糸町で出会ったジョン・レノンで、好きな女の子がいる亀有のナイトクラブに通い詰めていた。

それを知った頃には、彼が大工であることも人づてに聞いていた。職人のジョン・レノンでは、そうちょくちょくは通えない。

少し気の毒に思った修二は、

「俺の歌にハーモニー入れてくれたら飲み代出すよ」

といって、彼のお気に入りの店に一緒に通うようになった。

ジョン・レノンはいつも気持ち良くハーモニーパートを担当してくれた。当時はカラオケの全盛期だったから、ナイトクラブでもカラオケで歌うことができたのだ。

この店には、ビートルズ好きで毛皮の輸入をしている少し年下の友人マーフィーも通っていたから、いつも三人で歌っていた。マーフィーはとりわけ歌がうまいというわけではないが、英語はもちろん、好きで勉強したというロシア語も堪能で、池袋界隈のロシアンクラブから六本木の隠れ家的な店まで、さまざまな店を熟知していた。

そこそこの金を持っていたが、船仲間になるほどではなかった。

それでも、修二が自宅につくったパーティールームに招待すると、毎回珍しい手土産を持ってやってきた。

修二のお気に入りのエルドラドには、カラオケはなかったが、キーボードを演奏する先生がいた。グループサウンズや演歌、ビートルズなどいろいろな譜面を取りそろえ、なんでも弾いてくれたので、歌える場としても最高の店だった。

本当は、先生が自分で歌いたいために、修二をダシに使っていた面もあった。修二が店に行くと待ち構えたように、

「真砂さん、あれ歌いましょうよ」

といって、ハモりたがった。

先生のお気に入りは『長い髪の少女』など和製ポップス的なもので、店の客で一緒に歌ってくれるのが修二ぐらいしかいないのと、やはり下手な歌い手よりうまいほうがいいに決まっているのだ。

このように、夜の世界の授業料は、ウン千万円単位と高いものではあったが、確実に会社の利益を生んだし、なにより修二にとっては、子どもにとってのテーマパーク体験のように、楽しい思い出のオンパレードであった。

第八章

湘南の海物語

再会した友と海へ

修二は、湘南の海、というか、船の世界の虜になっていた時期がある。

それは、就職後、少し疎遠になっていた吉永学から久々にかかってきた一本の電話が発端だった。

「まっちょ、久しぶり。ちょっと噂で聞いたんだけど、おまえんとこの会社、儲かってるらしいじゃないか。確か、船、好きだったよな。船を中古で買えば、経費でいろいろ落とせるよう指南するよ。今度会おうよ」

とクルーズ船の購入を勧められた。

こうして久々に会い、いろいろ話をするうちに、学との楽しかった日々が思い出され、また昔のように一緒に行動するのもいいかもなと思った。

勧められたのは、アメリカ製の「バートラム38」という船だった。荒波に弱い船が多いアメリカ製の船では珍しく、日本の海に適した仕様のプレジャーボートだった。一目で気に入った修二は、すぐに購入を決めた。

学は、大学ではヨット部に所属していた。司法試験に受からず、父の仕事を継ぐ夢は破れたが、もともと好きだった船の仕事を選んだ。そして、勤務先に近い佐島に住んでいた。

さらに学は、横須賀にあるマリーナ「ワイルド・ドルフィン」のオーナー三浦透を紹介してくれた。その後、透とは「透ちゃん」「真砂さん」と呼ぶほど親しくなる。

造船所からマリーナに華麗に転身させた透は、目立ちたがり屋の面と、人にすぐ騙されるような人の良さの両面を持っていた。その「陽」の部分が、なんとなく修二と波長が合った。

透は芸能人が大好きで、当時人気絶頂だった漫才師とは、一緒のチームとして熱海でのパワーボートレースに参加したことがあり、ワイルド・ドルフィンにもよく立ち寄っていた。また、年に一回、有名演歌歌手を呼び、彼のオンステージも開催していた。

ほかにも人気男性アイドルや人気女性タレントなど、芸能人の姿を修二もマリーナで見かけたことがあった。

阪神・淡路大震災のあと、透の知り合いの社長が、トレーラーハウスの販売でひと儲けしたことがあった。震災復興が一段落した頃、透が、

「最後に五台残ったようで、うちで三台購入したんだけど、真砂さん、あとの二台買ってくれたら。安くしてもらえるよう交渉するし、管理は三台も五台も一緒だからうちでするから」

と言われ、まんまと口車に乗せられ買うことになった。でも、置き場はワイルド・ドルフィンで無料だし、電気代も払ってくれると考えるとそんなに悪い買い物ではなかった。

だからといって、しょっちゅうマリーナまで行ってトレーラーハウスを使うほど、修二は暇ではない。

「俺が使っていないときは、透ちゃんが好きに使っていいよ」

と申し出た。

ところが、あるとき、予告なしでマリーナに行くと、台湾人が我がもの顔で修二のトレーラーハウスを使っていた。自分が、好きに使っていいといったので、仕方ない

かとも思ったが、親しくなっていた従業員に聞くと、どうも詐欺師めいたことをしている男らしく、なんとなく気分が悪かった。
人気絶頂の男性アイドルが、犬を連れてやってきて連泊することもあったらしい。修二も犬好きだったので、その点は構わなかったが、透から少しは話があってもよさそうだとは思った。

透の人脈で、地元の漁協組合ともつながりができた。ここでも透に頼まれて、護岸工事に使用するコンクリートを格安で提供し、彼に手がらを立てさせてやった。また、テトラポットも格安で大量に納入した。
実は、テトラポットにはカラクリがあって良い儲けになった。

生コン会社で頭を悩ませるのが余剰生コンだ。生コンは工事現場などにミキサー車で運ぶが、現場の仕切りが悪いと余ってしまうことがある。そのまま放置しておくと固まってしまうので、廃棄するなどして処分しなければならない。しかも処分するにはお金がかかるという、厄介者なのだ。

修二の会社では、余った生コンを近隣の公共施設などに提供することもあったが、焼け石に水だった。そこで修二が思いついたアイデアが、余剰生コンをテトラポットにすることだった。お金を出して廃棄するはずの生コンを、きちんとした製品にしてお金をもらうのだからいい商売になった。数万個はつくっただろうから、三浦半島の海岸ではあちらこちらでそのテトラポットを見かける。

いま考えると立派なＳＤＧｓ事業だ。

修二はどんどん海の世界にハマっていった。

何艘ものクルーザーや水上バイクなどを購入した。いちばん大きな船「ビラレジヴ」は、全長約五十フィート、二十一人乗り、トイレがオーナー用、客用、船長用と三つあるような豪奢なつくりのモーターヨットで、価格は新艇で三億三〇〇〇万円するが中古で安く買った。

この船で伊豆大島までツチクジラを見に行ったことを覚えている。

一度ハマると、とことん凝り出すのが修二の常だ。なんとか時間をつくっては、家族や仲間たちと湘南まで出かけるようになっていった。

修二は、透に勧められて、逗子あたりでマリーナ経営に手を出したこともある。透の仲介で数年の契約中に賃料を払ったが、客は集まらず、ほぼ修二が別荘として利用するだけの施設になった。その上、契約前は知らなかったが、莫大なお金をかけて浚渫する必要がある施設だった。

それでも、湘南で仲間が集まるときは、絶好の遊び場だった。船を置いておけるのはもちろん、ジャグジーでくつろぐのもいい気分だった。さらに海越しに見える富士山は最高だった。

なかでも建物の中で花火を水平にして撃ち合ったことが思い出深い。打ち上げ花火を手に持って、近距離で撃ち合うのだから当たると痛い。それでも、みんな童心に帰ってはしゃいで盛り上がった。

仲間の裏切り

ワイルド・ドルフィンでは新しい友人もできた。その一人が渡辺という栃木の豪農で、船に妾の名前をつけて、名義も彼女にするほどだった。よく妾と一緒にやってきては楽しんでいた。小林という小回りのきく男がいて、普段は渡辺の船の管理などを担当していた。

その渡辺が急逝したことから、妾に船の売買を頼まれた小林が、修二に話を持ちかけてきた。

それを知った透は、

「小林は詐欺師だ。ここで勝手に商売しやがって！　真砂さんもあんなヤツのいうことなんて聞かないで」

と、普段の冷静さを欠いて、わめき出した。

これには、修二も驚いたが、自分の仲間と親しげにしているのを良く思っていないのかな、程度にしか受け止めていなかった。

昔から、頼ってくる相手にはついほだされて、親身になってしまうところが修二にはあった。

その後も、透の言葉はあまり気にせず、マリーナに行けばそれまでと同じように小林と接していた。

だから、ある日、学から、

「透さんは、最近まっちょのこと、あんまり良く思ってないみたいですよ」

と教えられたとき、そんな透に修二はがっかりした。

それもあって、小林につい口を滑らせると、

「そんなんだったら、よそへ行きましょうよ」

というので、当時所有していた水上バイクをワイルド・ドルフィンから別のマリーナに移すことにした。


つき合いがそれほど長くない小林を信用したのには、ワケがあった。それほど船に関しては至れり尽くせりで、細かい気配りができる男だった。

「今日、船に乗りに行く」

と告げると、知り合いと三人のチームを組み、人数分の食事や飲みもの、食器の手配から、すべて準備してくれ、その料理もうまかった。


船は、下船後に海から陸にあげ、その都度その都度、船本体の海水を洗い流してエ

ンジンも洗わないといけないので、結構厄介な代物だ。酒を飲んだあとは特に面倒くさくて辛い。

その面倒なことをすべてやってくれる小林たちがいるから、修二らは船をマリーナにつけたら、そのまま帰宅の途につける。ワイルド・ドルフィン時代からそうした些事をすべて任せていて、本当に重宝し、信頼を置くようになっていた。


ところがその信頼を裏切られる日がやってくる。


透のワイルド・ドルフィンは、良い意味でも悪い意味でも鷹揚な部分があった。しかし、このマリーナでは、メンバーに名札が配られ、門を入る際にはチェックもある。使用許可証は一年ごとの更新が必要だった。

新しいマリーナに移ってから四、五年たったときのことだ。更新のために新しい許可証を取りに行くと、目をパチクリさせた担当者がいった。

「もう小林さんが許可証や名札、全部持って行きましたよ」

「ふざけるな、あいつはメンバーでもなんでもないだろう」

「前から、真砂様に全部頼まれてて、自由に使っていいといわれてるからとおっしゃってましたし…。古い許可証もお持ちで、あと片づけも任せてらっしゃるようだったので、真砂様もご存知だと思っていました」

との答えが返ってきた。さらに詳しく話を聞いてみると、以前から友人連れでやって来ては、好き放題していたらしい。

ある程度、信頼を寄せてからは、

「俺が行かないときは船に乗ってもいいよ。ただし燃料は満タンにしといてね」

と、許可証も預けていたが、思い起こせば、気になることもあった。

それは、たまたま連絡を入れないでマリーナに行ったときのこと。十人ほどの友人を乗せて海に出ていると聞いたのだ。こちらは近くまで来たので寄ってみた程度のことだったから、そのときはそれほど気にしていなかった。


当時小林は、子どもはいたが独身で、池袋あたりのスナックのママとつき合ってい

た。マリーナの従業員の話では、その店の客たちをしょっちゅうクルーザーに乗せ、

「こいつは、俺の船なんだ」

と嘘をついていたというのだ。

「それはねえだろう」

と修二は悔しがったが、あとの祭りである。


それに追い打ちをかけて、修二の更新したばかりの許可証を先に取りに来たと聞き、

「俺が高い金をかけて手に入れた船を、なんでおまえ、自分の船といってんだよ。マリーナに収めている管理費もおまえのために納めてるようなもんじゃないか。ふざけるんじゃねえ」

と小林に電話をかけて怒りをぶつけると、さすがにすっ飛んできて詫びを入れた。しかし、もう小林を信用することはできず、準備やあと片づけは学たちなどに頼むようになった。

そんなことがあって、学の仲介もあり、

「小林の件は、おまえのいうとおりだったよ。悪かった」

と透に詫びて和解し、再び行き来するようになる。

緊迫の人命救助

修二は、人命救助をしたことがある。

ある年のまだ寒い最中の二月、ワイルド・ドルフィン主催の釣り大会があった。

その日、修二は仕事の都合で開始時間に遅れたため、ほかの参加者たちはすでに沖に出てしまっていた。修二はクルーザーも持っていたから、そちらで参加すればよかったものを、時間が惜しいとパワーボートで向かうことにした。同業者の坂口という釣りが大好きな男と二人、タックル一式を載せて出航した。

やっと、沖まで出ていき、ほかのメンバーに追いつけとばかり、釣り竿を手にする。

修二のほうは何匹か釣れたけれども、坂口は全然釣れず、仏頂面になっていた。

そうこうしているうちに、急に天候が変わり、四～五メートルほどの高い白波が立ちはじめた。

クルーザーならこれくらいの波はまったく問題がないのだが、このとき乗っていたのはパワーボートだった。どんどん雨は激しい降りになり、前方も見えにくくなった上に、波がさらに高くなった。パワーボートでは、滑走しているような状態になり、操船は非常に難しい状況だった。

とりあえず油壺の先まで向かうことにした。ただし全速力で進むと船が跳ねてしまうから、ゆっくりとしか進めない。


慎重にボートを進める修二に、突然坂口が大声でいった。

「あそこで船がひっくり返ってる」

そんなことをいわれても、修二のほうはまったく余裕がない状態だから、思わず、

「俺は見てねえ。見えねえ」

と返した。やはり自分の身はかわいい。

「そんなこといって、あいつらにもしなにかあったら、社長、きっとあとで後悔するぞ」

「後悔なんかしねえよ。あんなヤツら助けてたら、こっちも一緒にお陀仏になるよ。俺にはそんな技術はないし、このボートじゃ、無理だよ」

「難しいのはわかる。社長の船だし、決めるのは社長だ。でも見ちゃったんだからやっぱり助けようよ」

「だから、俺は見てねえっていってるだろ！」

そんな、押し問答になった。


それでも、坂口は後々自責の念にかられることを恐れたのだろう。

「なんとかしようよ。いや、なんとかしてくれ！」

と嘆願する。

しょうがないと観念し、修二は木の葉のように波の間に間でもまれている小型船へと近づいていった。乗っていたのは男二人で、必死に船のキールにしがみついていた。

湘南の海とはいえ、二月の海は手がかじかむほど冷たかった。船体の両側に分かれてつかまっている一人に向かって、坂口はヒモつきの木製救命浮環を投げ飛ばした。

このとき修二は、初めて、救助用の浮き輪がなぜ木でできているのかを理解した。救助するにはゴムのほうが軽いし、浮きやすいと漠然と考えていたが、軽いと風で飛ばされてしまい、荒れた海では役に立たない。木ならばある程度の重さがあって目標へ投げやすいし、沈むこともないのだ。

「もうちょっと船を近づけて。もっと、もっと」

と坂口が叫ぶ。

「おまえからは見えるからそういうんだろうけど、俺の腕では無理に近づいて、相手の船との間にヤツらの身体を挟んだりしたら、死んじまうぞ。これ以上は近寄れないよ」

仕方がないなと、坂口はその距離から何回か投げ、なんとか彼らの近くまで浮き輪を届けることができた。一人が泳いで浮き輪につかまったので、浮き輪ごと引き寄せる。急いで引き上げて助けたら、あろうことかこんな言葉を吐いた。

「もうあいつは助けなくていいよ」

「てめえ、本気でいってるのか！」

修二は言葉とともに平手で相手の顔面を殴っていた。

「自分が助かれば、仲間はどうなってもいいのか」

もう一人はどうしているかと見やると、ずっと海中に浸かっていたものだから、身体が冷え切っているのだろう。船のキールにつかまっている手がいつ離れてもおかしくないという状況だった。


坂口がそれに気がついて飛び込もうとする。

「やめろ！　おまえまで逝っちまったら、俺、かなわないから！」

もう一秒の余裕もないと判断した修二は、こうなったら挟まれるかもしれないけれど一か八かやってみるしかないと、できうる限り転覆した船に近づいた。

坂口がもう一度救命浮環を投げると、今度は一発でうまく近くまで届き、男は最後の力を振り絞ってそれにしがみついた。男の腕が離れないよう、慎重に引っ張りあげ、なんとか二人とも、助けることができた。落ち着いて見てみると、自分たちと同じぐらいの年齢に見えたが、子犬のように寒さに震えていた。

話はここで終わらない。

なんとか四人でマリーナまでたどり着き、二人の身体を温めるため、ワイルド・ドルフィンまで行った。修二は、自分のトレーラーハウスに置いてあった着替えの洋服を持ってきて、風呂に入ろうとしていた二人に渡した。


それを見ていた透は、興奮気味にいった。

「真砂さん、海上保安庁から勲章、もらえるよ」

「じゃあ、あいつらの名前と連絡先聞いとかないとな」

と、やっと人心地ついた修二が答える。そんな話をしながらマリーナの事務所で二人がやってくるのを待った。


ところがいつまでたっても助けた二人がやってこない。

「まさか、あいつら……」

透と一緒に風呂場、そしてトレーラーハウスにも行ってみたが、すでにもぬけの殻だった。

「ふざけんなよ！　一言の礼もなしかよ」

と、怒り心頭になったが、どうすることもできない。

あとから近くにいた知り合いに聞いた話では、奥さんか誰かにクルマで迎えに来させ、そのまま帰ってしまったということだった。

一カ月後、透から電話がかかってきた。

「真砂さん、こないだの救助の件だけどさ、さっき、奥さんらしき人が来て、お礼にと酒二升持ってきた。あいつらの命、一人一升瓶一本だよ。今度は助ける前に、助けたら一人いくら払う？　って聞かないとな」

と冗談めかしていった。

「あんなときにそんな余裕、あるわけねえじゃん」

修二は怒りをとおり越し、笑ってしまった。

二度あるトラブルは三度ある!?

その記憶もまだ新しい同じ年の夏、今度は沖で大学生が十人くらいで漂流している船に出くわした。今回は緊迫した状況ではなかったので、修二も面白半分に、

「十人か、じゃあ百万だな。出すか」

と声をかけると、一人、生真面目そうな学生が答えた。

「学生ですからそんなお金ありません。なんでそんなことというんですか」

「いや、俺はこの冬、人を二人助けたら、お礼が一升瓶二本だった経験があって、次はちゃんとカネを払ってもらおうって決めてたんだ。百万というのは冗談だよ。学生から大金を巻き上げようとは思ってねえから、安心しな。どこまで行きたいんだ？ただし、実費は請求させてもらうよ」

「わかりました。お願いします」

先ほどの学生がまた生真面目に答えた。

またワイルド・ドルフィンに連れて行こうかとも思ったが、透が、

「カネよこせ」

とでもいい出すのではないかと考えると、修二は学生たちが不憫に思えてきた。

そこで近くのマリーナまで行き、

「カネはあとでいいよ」

と連絡先を教えた。

学生たちは、いっせいに、

「ありがとうございました」

と礼をいい、去って行った。


結局、学生たちが支払ったのは全部で十万円だったが、

(それでもまあ、払っただけでも一回目のヤツらに比べればいいほうだな。ちゃんと礼もいってたし、大人のほうがクソ野郎だな)

と修二は思った。それに、今回は、日中に漂流していただけだから、修二が助けなくても誰かが助けたことだろう。

船のトラブルに関しては、他人のことばかりあげつらえない。

修二は、台風の日など、荒れた海を水上バイクで波乗りするのが大好きだった。透からはそのたびごとに、

「一人で行くのは危ないから、本当にもう勘弁してくださいよ」

と叱られていた。

修二もいろいろな水上バイクの事故を見てきたから透の気持ちはわかる。それでも、あのスリルはどうしても魅力的なのだ。

ほかにも遊び半分に、水上バイクで曲乗りをして、ほかのボートに水をかけて驚かせるなどもしていて、こちらはいたずらの延長みたいなものだった。

たった一回きりだったが、船でサーフィンをしたこともあった。

それはいつものおふざけでわざとやったという状況ではなく、しかたなくそうなったというケースだった。

「リビエラ」というモーターヨットで伊豆大島に向かったときのことだ。天候が急転直下で悪化し、

「やべえ、やべえな」

といってるうちに、あっという間に海流が渦巻いたようになり、波も高くなっていった。船は上下に揺れている。乗っていたみんなが口々に、

「ヨット、波の上に乗ってるんじゃないの？」

と騒ぎ出す。修二は、一か八か、

「これ横にしたらひっくり返っちゃうから、サーフィンで行くか！」

少々強がりともいえる言葉を吐き、そのまま波にうまく乗って、なんとか急場をしのいだ。結果、事なきを得たのだが、本音は岸に着くまで生きた心地がしなかった。

危機一髪のアメリカ珍道中

日本ではあまりなじみがないかもしれないが、マリンスポーツには「海のＦ１」と呼ばれるパワーボートレースがある。

修二の、「海の世界」の相棒ともいえる透は、国内のレースに参戦していて優勝経

験もある。さらに、アメリカオフショアパワーボートレースにも参戦している。

パワーボートレースでは、ロッキー青木こと青木廣彰が一九八〇年に世界大会で二位になり話題となったが、透もアメリカでのワールドチャンピオンレースのオープンクラスで優勝を果たしている。


修二も一度レースのスポンサーとして同行したことがある。

前年、優勝した透から、

「真砂さん。来年も優勝するから、ぜひスポンサーになってください」

と懇願され、それを承諾したのだ。


F1などではおなじみだが、ボートレースでも華となるのがレースクイーンだ。そこで、修二と透が審査員をつとめ、レースクイーンを二人選抜し、彼女らもアメリカ行きに同行させた。総勢三十名、二週間のアメリカ団体旅行となった。

セッティングは細かいところまでM商事がしてくれたので、修二たちは大船に乗った気持ちで旅立てた。

レースには、ドライバーの透と、エンジンのコントロール担当、ナビ担当の三人チームで参戦する。アメリカの東海岸のニューヨーク、フロリダ、キーウェストを転戦して、ワールドチャンピオンを決める。

日本からは、まずシアトルに行くのがいちばん安上がりになるということで、シアトル・タコマ国際空港に着いて、国内線に乗り換える。

このシアトル空港が、驚くほど広大な空港だった。修二の記憶では、イタリアのレオナルド・ダ・ヴィンチ国際空港と同じくらいの広さに感じられた。

一行の中には、ゲームを開発して大儲けしたCEOがいて、英語が堪能ということで通訳をかってでていた。ところが、訪米直前に仕事の都合で行けなくなったと連絡がきたとき、修二もそうだったが、ほかのメンバーも不安になった。

さすがに申しワケないと思ったのか、秘書的な仕事をしている、こちらもネイティブの英語を話せるという女性を代わりに参加させるといってきた。

広大な空港内を移動し、乗り換えのバスまでいく間も、英語が上手なだけでなく、テキパキと仕事をこなす彼女の姿はまさに救世主のようだった。

もし彼女がいなかったら、構内で迷ったり、手続きにも時間がかかっただろうなと修二は感心しきりだった。


彼女の的確なサポートで国内線の飛行機に辿り着くと、席がてんでんばらばらに離れていて、修二の隣にはメキシコ人とおぼしき乗客がすでに座っていた。ラテン系らしく陽気な女性で、話好きなのだろう、

「セニョール、セニョール」

とずっと話しかけてきた。

修二は、大学で第二外国語はスペイン語をとっていたから、少しはスペイン語がわかった。けれども、流暢に会話できるほどではない。それなのに、そのメキシコ人は、ベラベラ、ベラベラ切れまなく話しかけてくる。

(もう、たまんねえな。勘弁してくれよ。それにしても、いくらラテン系でもここまで気易く話しかけてくるもんなのか?)

陽気な人間は好きだが、さすがに閉口した。

その後の海外旅行でも、同じような体験をするうちに至った結論なのだが、海外、特にアメリカでは、修二はメキシコ人だと思われる確率が高いようだ。メキシコ人とまで限定しないとしても、ヒスパニック系に間違えられているのは間違いがない。

さて、飛行機を乗り継ぎ、乗り継ぎし、最後は、フロリダのオーランド国際空港からキーウェスト国際空港までプロペラ機で行くことになった。その間、トランジットでは時間があまりなく、充分に休憩することができなかった。

すでに何十時間も飛行機に乗っていたこともあり、メンバーの誰もが疲れ切っていた。修二もなんだかふらふらした状態で、自分が乗る飛行機へと近づいていった。

このとき、無意識のうちにプロペラ部分の下を歩こうとしていたらしく、それを見た機長の、

「ワオー！　ノー!!」

という大きな声が修二のところにまで届いた。

それで我に返ったので良かったが、そのまま巻き込まれていたら、最悪死んでいたかもしれないと、背筋が凍る思いがした。

この年は、透の調子があまり良くなく、優勝は逃した。それでも、参加したメンバー誰もが、このアメリカ旅行には大満足だった。

レース後は、四日ほどフリーだったので、修二は、キーウェストから、ビートルズの映画『ＨＥＬＰ！　４人はアイドル』の撮影地の一つであるバハマに飛んだ。

その小型の飛行機内では、スチュワーデスが、

「ただいま右方向にクジラが見えます」

「今度は、反対方向にイルカも見えます」

と教えてくれた。そして、本当なのか、ジョークなのかわからないが、

「クジラやイルカが見たいからと、席を移動することはおやめください。一方に固まってしまうと、飛行機が傾いてしまいます」

といい、乗客の笑いを誘った。

バハマは英連邦の一員であり、観光業で成り立っているような国だから英語が通じる店も多く、予想以上に良い旅になった。

自業自得の危機は運で乗り越える

クジラやイルカつながりということではないが、アメリカから日本に帰ってきてしばらくしてから、修二はせっかくだからワイルド・ドルフィンにメンバーを呼んで、帰国パーティーをしようと提案した。

いつものように、羽目をはずしてドンちゃん騒ぎになりつつあった頃、遅れてきた透の友人が、

「来る途中で、サーファーたちに聞いたんだけど、相模湾にシャチが迷い込んだらしい」

との情報を持ってきた。

相模湾にもクジラやイルカが迷い込むことはあるが、シャチは珍しい。

誰かが、

「パワーボートで追いかければ見られるんじゃないか」

といい出し、船を出すことにした。

ワイルド・ドルフィンでは船は陸置きだから、降った雨水などが船艇内に溜まらないように、キングストンバルブという水抜き栓を開けておく。それを海に出るときには閉めないといけないのだが、あわてて出たから誰もそれに気がつかなかった。

とにかく急げということで、透が自ら操船して沖に出た。

「あっ、あそこ。シャチだ。シャチだぞ。その前をイルカが逃げてる。ちょうどいいとこに来ちゃったよ。すげえぜ」

とみんなが大興奮。ボートのスピードを落とし、皆でその様を夢中で見ていた。

キングストンバルブは後方についているから、スピードが出ている間は水が入らずに済んだのだが、スピードを緩めたことでボート内にどんどん水が入り込んできていることに誰も気づかなかった。

透が、

「真砂さん、ヤバイ。ヤバイよ…」

ほかの誰かに聞かれないようにと修二に囁いた。

「なにがヤバイって？」

「真砂さんさ、バルブ、閉めてないよね」

「俺は閉めてないよ」

「水が入ってきてるよ」

修二が、エンジンルームを開けてみると、確かに水が入ってきてはいたが、まだエンジンは動いていた。エンジンも後方にあるので、少しでも後部の位置を高くするため、急いで女の子たちをみんな前に移動させた。

「どうかしたの？」

「なにがあったの？」

女の子たちが騒ぎ出したが、

「いいから、いいから」

と理由はいわず、エンジンが動いているうちに加速すれば水が抜けるはずと判断し、一気にエンジンをふかして、とにかく岸へと向かった。岸まで無事たどり着くことができたから良かったが、船を捨て、みんなで泳いで帰るはめになっていたかもしれない。

また、小型携帯電話が出たあとだから、一九九〇年代後半だったと思うが、透の船を借りて、坂口と佐島沖に向かったことがあった。修二は前日の酒が残っていて、途中でいつの間にか眠ってしまっていた。

うつらうつらしながら、なにか変な音がするなと思い、見回すと、船内に水がビューー、ビューー入り込んでいる音だった。

坂口は釣りに関してはプロ中のプロだから、いつもなら、キングストンバルブは必ずチェックするのだけれど、修二が借りてきた船だったので、油断したようだ。修二のほうでも、坂口がチェックしただろうと思い込んでしまっていた。

そのときは、気がつくのに遅れたので、すでにかなり浸水していた。すぐに透に携帯で電話すると、

「佐島沖ですか。そこまで助けに行くのには時間がかかるな。とにかくいちばん近い

砂浜に乗り上げて。そこまで行けそうですか？」

「大丈夫だと思う」

なんとか、砂浜まで乗り上げ、透が到着するのを待った。


透がやってくるのが見え、修二はおどけて、

「まさに仏の顔もサンド（sand）だな」

というと、

「真砂さん、バカいってんじゃないです」

と半分怒りながらも、目は笑っていた。


このように、トラブル発生が何度もあったけれど、総じて湘南の海は、やはり楽しい、思い出の渚なのであった。

第九章

セメント業界の未来を憂う

昔の仲間と働く

真砂修二が大学に入学した一九六六年、父の修が興した真砂興業が休眠状態になったが、返済の責務はきちんと果たした。不動産を売却するなどして、債権の八十%を債権者に返却し、梅丘の自宅もなんとか残すことができた。

その後、この自宅を売却し、町田の新居資金に回したが、新居が建つまでの三年ほどの間、修二たちはアパートを転々とする生活をすることになる。兄と弟はレンタルビデオ店を営んだ。

一方、父はその間、佳代とその子どもたちと千歳烏山駅近くの長屋で暮らし、フランチャイズの居酒屋を経営する。

一九六八年になると、修二の家の近所には小規模な生コンの会社が三社できた。父は、その年の十一月に、生コンを事業にして真砂興業を再開した。父の会社は、瞬く間に界隈の生コン会社でもダントツの売上を計上するようになる。

父の事業を本格的に手伝うようになった修二は、二十歳で真砂興業の社長となった。一九七二年に結婚、目黒のアパートで新婚生活をスタートさせた。ここには、たっちんやコータが遊びに来ては嫁にこき使われていた。

恵比寿のディスコティックで会って以来、修二がたっちんと再会するまでにはまたときが費やされ、二人とも二十代前半になっていた。

「おまえ、いまはなにやってるんだ?」

と声をかけると、修二には絶対に逆らえないたっちんは、うなだれながら正直に不遇の現在をポツリポツリと語りはじめた。その姿があまりに小さく、いじめられていた中学生の頃のたっちんが思い出され、思わず修二は、

「もし、おまえがカタギになる気があるんだったら、俺の会社で雇ってやる」

と言葉をかけていた。

しばらくして、たっちんが会社に修二を訪ねてきた。

「まっちょ、俺、もう一度、人生をやり直したいよ」

たっちんの目からは、いまにも涙が溢れそうだった。

修二はなにもいわず、ただ頷いた。
修二は約束を守り、たっちんを入社させ二人の交流が再開した。

しかし、一度ヤクザの世界に足を踏み入れた者が、荒っぽい業種とはいえ普通の会社で働くことは難しく、長続きしなかった。それは修二もある程度、予想していたことでもあった。

もともとたっちんは、身勝手な上に世渡りが下手だったから、もし高校を卒業して普通の会社に就職したとしても、長続きしなかっただろうとも思う。

実際、高校時代から夜な夜なゲイやオカマたちが集うようなクラブに出入りするなど、マイノリティーな世界を嗜好する部分もあった。それも新宿界隈のご陽気なオカマではなく、もっとディープで底知れない闇を抱えた雰囲気があるところだった。会社で雇ってから、修二も二、三度誘われてそういう場所へ行ったが、自分とは無縁の世界だと確信した。

かと思えば、たっちんには初めてできた彼女を五時間も待つといった純情な面もあった。ちょっと世間からずれているのも含め「フーテンの寅さん」的な存在ともいえた。

親の骨董品を持ち出し、それを担保に借りた金を一度も返済したことがなかったし、会社の上司といざこざを起こすなどして多々迷惑もかけられたのに、修二はたっちんのことを放ってはおけなかった。それは、葛飾柴又に住まう人々が、寅さんを「しょうがない男」と思いつつも受け入れているというのと、どこか似通っていた。

羽振りが良くなった会社では、たっちんや黒崎のほか、修二の中学時代の友人たち七、八人を運転手として雇った。昔の仲間と一緒につるむようになった修二は、徐々に仕事にもやりがいを感じるようになっていた。

結局たっちんは、あの世界に一度でも浸った者の多くがたどるように、カタギの生活に戻りきることはできなかった。

二〇二二年、この世を去ったが、その人生を思えば、じゅうぶんに長生きしたのではないかとも、修二は思うのだった。

異母兄弟の入社

父がすでに、佳代との間にできた二番目の子どもの療養のため、住まいを鎌倉に移していた頃の話だ。上の息子修吾は、幼い頃は利発な子だったが、中学生になるといっぱしの不良になっていた。彼には父も佳代も手を焼いていた。

ある日、工場で父に引き留められ、

「こいつを、ここで働かせる」

と告げられた。

見ると隣には中学を卒業した修吾がいた。

あまりに手を焼かせる修吾を、強引に鎌倉から連れてきたらしい。更生させたいと思ったのか、とにかく自分の会社で働かせることにしたようだ。

当時、会社の敷地内には、従業員の寮として使っていたプレハブがあったので、修吾はそこに住み込んで働くことになった。

ある日の深夜、目黒のアパートで寝ていた修二は、けたたましい電話で起こされた。修二の会社の生コン工場の近所に住む知り合いからだった。

「うるさくて眠れない！　あいつらをなんとかしろ！」

とえらい剣幕で怒鳴られた。工場内を暴走族が爆音を立てて走り回っているというのだ。

じつは修吾は、全国的にも有名な暴走族グループの一員だった。工場の敷地はそれなりに広く、アクセスも良いので、暴走前後の集合場所としてうってつけだったようだ。それを手引きしたのが修吾だった。

修二があわてて工場に駆けつけると、族たちはまだたむろして爆音を奏でていた。

「ここでなにやってんだ！　さっさと出ていけ！」

と大声で怒鳴った。

すると、リーダーと思しき体格のいい男が、修二を威圧するように向かってきた。

「うるせぇ！」

とつかみかかってきたのだ。修二はとっさにその手と服をつかんで、背負い投げのような形で地面にそいつを叩きつけた。そのまま残コン（使い残った生コン）槽まで引きずっていき、残コンの中に顔を沈めた。

「ギャー!!」

とリーダーは悲鳴を上げてはいずりながら逃げ出した。残コンは放置されたまましばらくたってもかなりの熱を持っていて、触ると火傷するのは確実だ。

周りで見ていたほかの族仲間たちは、あっけにとられていたが、リーダーの顔を見ると我に返り、彼を介抱しながら去っていった。

古賀との出会い

修二の社長就任後も、真砂興業の実権を握っているのはしばらく父だったが、息子の力量を知るうちに少しずつ任せる部分が増えていった。

修二がもうすぐ三十歳になろうとする頃、出会ったのがSセメントの古賀で、彼が修二の人生に大きくかかわるようになる。

古賀が、なぜか群馬の生コン販売会社の社長と一緒にやってきたのは、一九七八年の暮れも押し迫った頃だった。セメントサイロの横に書かれているメーカー名を確認済みのようで、

「おたく、最近羽振りがいいと業界でも評判だよ。セメント、Mセメントから入れてるよね。いくらで買ってるの?」

と聞いてきた。

修二は、突然の訪問だったのとその気安い感じ、さらに、一流会社のSセメントの名刺を差し出されたこともあり、仕入れの帳面を見て、正直に仕入値を答えてしまった。

それを聞いた古賀はすかさずこういった。

「Mセメントの価格より、トンあたり二千円安くしますから、Sセメントも一枚噛ませてくださいよ」

「いや、私にはそんな権限ありません」

「だって社長でしょ」

と詰め寄る。

「私は肩書きは社長でも、父親がまだ決定権を握っているんですよ。あとで相談しま

すから、今日のところはお引き取りください」

「じゃあ、また伺いますので、いいお返事を期待していますよ」

その夜、修二は早速その日の経緯を父に伝えた。

父はしばらく逡巡したあと、

「少し考えさせてくれ」

と返事を留保した。

翌日、

「修二、MとSの件、おまえはどう考えているんだ」

と修二に尋ねてきた。

「Mを切るとはいわないよ。でもSも入れて、競争させればいいじゃん」

そう修二が答えたのには理由があった。

「二千円安くするという駆け引きをしてきたSの存在を知れば、Mだって値引きするといってくるんじゃないかな。二千円とまではいかなくても、もし千円でも安くしてくれるなら、それはそれでいいじゃないか。だから俺、Sからも買うといいと思うよ」

それを聞いた父はこう即答した。

「よしわかった。おまえに全部任せるよ」

真砂興業というか修二が、徐々にSセメント系との結びつきを強くしていく、これがスタートだった。

高額接待のツケ

Sセメントの古賀とは、夜の接待、ゴルフなどを通して非常に良好な関係となっていき、修二の会社の躍進に大きく役立った。お互いに持ちつ持たれつの関係といってもよかった。

Sセメントと同じ系列のS商事に野上という部長がいた。修二も古賀を介して知り合った。あるときから、野上は越路建業という生コン販売会社を乗っ取り仕切るようになる。それは、S商事本体ではできないような、外に出せない接待など、いわば「汚れ仕事」をすべてこの会社にやらせようという魂胆からだった。

従業員は野上部長のお抱え運転手と、営業マンの二人だけ。資本の三十%はSセメント、残りの七十%はS商事が出資していた。

修二も、韓国旅行招待の際に野上から、

「キーセン（芸妓）料金も含め二百万円を、越路建業から振り込ませるから」

といわれたことがあった。

ところがある年、年間四億円を接待費に使っていることが発覚。S商事で大きな問題となり、四億円のうち一億円を使ったとして、古賀は大阪支店広島営業所に飛ばされることになった。また越路建業はS商事によって解散させられた。

古賀の父親は、S銀行で常務を務め、出向先のビール会社では社長も務めた人物であった。つまり、古賀は生粋のボンボンだったのだ。

ただ古賀自身は、仕事に関して確かな実力を持っていたから、広島から早々に大阪支店へと異動。そして、さほど間を開けずに東京に戻ってきた。

古賀は以前から、修二が乗っていた、V8エンジンをフロントに搭載したポルシェ928を気に入っていて、東京に戻るとすぐ、自分に譲ってほしいと頼んできた。修二も、三百キロを出せる点は気に入っていたが、ブレーキが甘いという欠点もあったし、やっと東京に戻れた古賀を祝う気持ちもあって、安く譲ることにした。

ところが、ボンボン育ちの古賀は、あまり深く考えることなく通勤にそのポルシェを使い、会社に乗りつけていた。修二とSセメントとのつき合いはすでにかなり深くなっていたから、そのポルシェがもともと修二の所有物であることを知っている社員も相当数いた。中には、古賀に敵対心を持っていて、「あのクルマ、真砂さんにもらったらしい」と、上司に修二との癒着を匂わせる者もいた。さらに、古賀が以前に、大阪支店長就任を断ったことに反感を持つ上層部もいた。

一方で、目をかけてくれていた役員もいたが、その役員の影響力が弱くなった時期とも重なり、古賀は社内で四面楚歌状態になった。彼は「こんな会社、自分のほうから辞めてやる」といわんばかりに、退社してしまう。

このあおりを受けて、修二はデマによる火の粉を払わないといけなくなった。古賀なら再就職先に困ることはないだろうと考え、そのあとのことは気にかけていなかった。

最近になって聞いたが、古賀は退社後に妻が末期がんで余命いくばくもないと知り、妻の望みであったイタリア旅行へと旅立ったそうだ。帰国後すぐ妻は亡くなったらしい。

結局古賀は、ずっと自分が思うがままに生きていくのだろう。そして修二自身も、思うがままの人生を全うしたいものだと考えた。

裏切りに苦慮

真砂興業のことに話を戻すと、次第に外回りが多くなっていく修二に代わり、営業を一手に引き受けることになった山岸専務には、修二は、感謝の念しかなかった。

そんな修二に寝耳に水ともいえる事態が起きる。

S商事のある社員から、

「社長、おたくの山岸専務、すげえ悪人ですよ。社長も知ってる会社で、サイドビジネスやっていますよ」

と告げ口されたのだ。にわかには信じ難かった修二だが、

「じゃあそれ全部調べてくれよ」

と依頼した。

そのサイドビジネスの内容は、家族経営のような企業にいる者としては、明らかに背信行為と呼べるものだった。さらには、調査の末わかったほぼ正確と思われる山岸の報酬額は、サイドビジネスというにはあまりにも多額だった。

修二はとにもかくにも父に知らせねばと、電話で、

「山岸がこんなことをしているぞ」

と注進した。

その電話を切ったところに、当の山岸が営業から帰ってきた。

修二のお気に入りの女性に、自分の会社の事務員として引き抜いた元歯科衛生士のゆかりがいた。会社を辞めたあとは母のスナックを手伝っていて、修二は銀座に行かないときや高級店が肌に合わない仲間とその店に頻繁に通っていた。そのゆかりに、山岸がちょっかいを出していると以前から聞いて、気分を害していたが、プライベートなことを仕事に持ち込むことはしなかった。

しかし、それが仕事のこととなれば話は別だ。

それまで信用していた反動もあって、修二は怒りに任せ、

「おまえ、ほかで儲けてるんだって。ネタは上がってるんだ」

といい放ち、山岸のことをボコボコにブン殴った。

今度は山岸がキレて、

「ふざけんじゃねえ。警察呼んでやる」

「呼んでみろ、この野郎」

売り言葉に買い言葉の応酬が続き、

「俺はこんな会社、いつ辞めたっていいんだぜ」

山岸は捨て台詞を吐き、不敵な笑いを浮かべ、外へと出て行った。

修二は、再度父に電話して事情を説明し、

「あいつをクビにしてくれ」

といった。

父の答えはただ一言、

「それはできない」

だった。

「なんでだよ、背任行為やってるヤツをそのままにするのか！」

「あいつは会社の中のことを知り過ぎてる。それにあいつが営業全般を担当しているから、あいつに辞められたら、この会社は終わりなんだよ。もともと悪さをしているのは重々承知の上で、雇い続けてるんだ。山岸を辞めさせたら大問題になる」


翌日出社した山岸は、まだイキりたっていた。

「修二さんよ、親父さんと話したんだろ。俺はクビで構わないんだぜ」

結局、父の判断で、結構な金額の退職金を修二に内緒で払い、とりあえず解決という形になったようだ。

一九八四年、生コン業界には大きな動きがあった。セメントメーカーが、再編され五つの共同販売会社を設立したことだ。これは、一九八〇年からはじまった第二次オイルショックによって需要が落ち込んだセメント業界からの要望で、政府が主導して動いた結果だった。

海外進出のきっかけ

一九八五年には円高不況がやってきたが、バブルのはじまった一九八六年前後、すでに社長職を弟の修三に譲っていた修二は、韓国までセメントの買いつけに行くことになった。これは、日本人妻を持つヴェルナーというドイツ人との出会いがきっかけとなった。

ヴェルナーの父親は金鉱脈を探す山師で、金を求めて世界中をまたに掛けていたという。第二次大戦前、日独は同盟国だったから、日本の占領地である朝鮮半島には自由に行き来できたことで、ヴェルナーは二十歳までは両親と妹とソウルに在住していた。

戦後はアメリカに移住し、朝鮮戦争がはじまると、兵士としてこの戦争に参加すれば、アメリカの国籍を取得できると知り入隊する。

戦時下の朝鮮半島では、死んだふりをして倒れている北朝鮮兵士から急襲されることがあった。それを避けるため、行く先々に倒れている兵士の頭を全部撃ち抜くことがヴェルナーの任務で、何千人も殺したと豪語していた。実際、彼の身体には、北朝鮮兵士から撃たれた銃弾が三発入ったままで、そのことを自慢していた。

ヴェルナーはベトナム戦争にも参加しようとしたが、すでにアメリカ国籍も取れていたし、妻に止められて諦めたようだ。

おそらくその妻に請われたのであろう。日本に住み、妻の旧姓を使った「村井建材」で運送業を営み、自ら運転手をして砂利を運んでいた。

やがてヴェルナーは、父の社長時代の課長が独立してはじめた生コン工場に勤務する。そこからの紹介で修二とは知り合いになったという経緯があった。

修二とヴェルナーは最初から互いに気が合い、いろいろな話をした。そんな中に、韓国のTセメントの会長とは朝鮮戦争をともに戦った戦友であるという話が出た。そこで修二は、ぜひ紹介してほしいと頼み込んだ。

すぐに話がつき、商談することになり、金浦空港に着いたときには赤い絨毯まで敷いての厚遇ぶりだった。ちなみにTセメントは、韓国で指折りのセメント企業だった。結果的には、当時はまだTセメントが日本の窓口を持っていなかったため、実質的な取引までに時間がかかるということで契約には至らなかった。

代わりに、日本にすでに支店がある、別の韓国財閥系のセメント会社を紹介してもらった。単価は安かったものの、荷揚げの場所が遠かった。さらには、バラではなくトンパックという袋詰めの商品の上、品質の問題もあり残念ながら取引は成立しなかった。それでも、ヴェルナーの気持ちはありがたく、その後もつき合いが続いた。

生コン業界から見た日本の未来

ここで話は、まだ修二が生コンの業界に入りたての頃、Ｍセメントのみと取引をしていた当時へと戻る。

修二が生コンのノウハウのすべてを教え込まれたのは、Ｍセメントの技術課長からだった。勉強のため修二は二年間、彼の元に通い続けた。

もちろん最初は初歩的な内容で、すでに知っている内容もあったが、修二はそうした知識を得ることに喜びさえ覚えていた。思えば、学生時代も、遊びに熱心ではあったが、決して勉強嫌いだったわけではなかった。

そのレクチャーの最後のほうになって、その社員先生は、日本のセメント業界の現状だけでなく、「日本の建物、コンクリートが海外に比べて長持ちしない」ことの詳細についても教えてくれた。

日本のコンクリートは三十年で固まり、残り三十年間で耐えられなくなって、建物は六十年もたない。最近、建て替えとなった浜松町の世界貿易センタービルや建て替えのため閉鎖された中野サンプラザは、前者が一九七〇年竣工で後者が一九七三年開業と、六十年を待たずに壊すことになったことからも確かな話だ。

さらにつけ加えると、鉄筋コンクリートの鉄筋は経年変化に弱いことも問題視されている。

ところが、欧米のコンクリートは百年間でお互いに結合が強まり固まり続ける。そこから今度は百年以上の歳月を経て壊れていく、つまりは二百年以上持つということになるのだ。

アメリカ、ニューヨークのランドマークであるエンパイアステートビルが完成したのは一九三一年、パリのオペラ・ガルニエ（通称オペラ座）に至っては一八七五年の開業だ。

このように大きく年数が違う理由は、日本のポルトランドセメントは電子結合であるのに対して、欧米などではセメントのかわりにスラグ（鉄鋼製造工程の副産物）を使うことで強固な分子結合になることにある。

日本人は、お上のいうことには疑いもなく従うという性質があるようだが、たとえば自宅を建てる際には、審査機関に建築基準法に沿った書類さえ出せば、規格外のコンクリートでも建物を建てることができるのだ。

実際、修二は自宅を新築するにあたり、過去の数多くのデータを示し、建築の許可を取りつけることができた。真砂邸は、そのお手本ともいえる建物なのだ。

また、現在、多くの人々に知れ渡っているSDGs、持続可能な開発目標の中でも、気候変動による影響にコンクリートが大きくかかわっている。

セメントは、基本的に粉砕した石灰石と粘土を混ぜ、千四百度に加熱してつくられる。加熱にはもちろん化石燃料が使用されており、製造過程で二酸化炭素を大量に放出している。こうしたことから、最近は「低炭素型コンクリート」が注目を浴びている。

修二は、このままでは日本のセメント業界が、産業としての発展を遂げられないのではないかと危惧している。現在のコンクリートの製造方法では、海外への進出はないに等しい。

いま現在、巨万の富を得る元手になったのは、この生コンとセメントという業界で生き延びてきたからだ。そこで儲けた資金で、不動産を購入、その売り買いが順調に行き、その後、株式へと移行して、さらなる利益を生んだのだ。

だからこそ、恩のある業界の改善に、少しでも役に立ちたいとの思いは日に日に強くなっているのである。

そうした思いから、漁業共同組合と連携し、アミノ酸を含む環境活性コンクリートを使った海産物牧場の造成や、生コン製造におけるＣＯ$_2$排出量削減方法の研究など、直接行動を起こしているが、まだまだ先は長いと感じてもいる。

まだ道半ばではあるが、実現のための知識、知恵の必要性を、これまで以上にひしひしと感じている今日のこの頃である。

第十章

愉しき哉、我が人生

不動産投資に資金投入

二〇〇〇年を迎える少し前、金の価格が一グラムあたり一〇〇〇円を割り込んだことがある。そのとき、真砂修二は金を大量に買い、一つでは入りきらなかったので二つの貸金庫に保管した。時間ができるとそれを眺めて悦に入った。

修二が、不動産投資に興味を持つようになったのは、真砂興業を担当していた税理士がそういった方面に詳しく、北海道のマンションの購入を勧めてきたことが発端だった。その税理士は、不動産投資型のワンルームマンションで成功した会社も担当していた。また自身も北海道の複数の不動産を購入していた。

まもなく二〇〇〇年を迎えようとしている頃で、なにか新しいことをはじめるには良い時期ではないかと、修二は直感した。持っていた住友グループの会社の株を売却して、それを資金に不動産投資をはじめることにした。

税理士はさらにこうアドバイスをした。

「真砂さん、私募債って知ってる？　証券会社が広く募集する公募債と違って、少数の投資家が直接引受する社債のことなんだけど、この私募債で株をやれば全部源泉分離課税だし、あとは税金が所得税十五％、住民税五％、つまり税金は二十％で済むから、こちらのほうが真砂さんの手元に残るお金が多くなるよ」

役員報酬の増額支払に代えて社債利子を支払うことによって、個人の税負担を軽減できるという利点もあった。

そこで、最初は元手の約十六億円をすべて注ぎ込み、さまざまな物件を買い漁った。一年で配当が十％、つまり一億六〇〇〇万円を儲けることができ、税金は二十％で、源泉分離だから申告する必要もない。税金を差し引いた一億二八〇〇万円という金が修二の手元に残った。それでまた、札幌の好条件のマンションを一棟買うことができた。

当時は札幌の好条件のマンションでも、なかなか買い手の見つからない買い手市場だったので、驚くほど安い値段で買うことができた。

最初に一棟買いしたすすきのの十二階建てマンションは利回り二十四％で、これは悪くないなということで即決した。

そうこうするうちに、現地の不動産屋に修二の情報が回ったようで、さまざまな北海道の不動産屋から「こういうのもある」「こういうのもある」と、売り込みの電話がひっきりなしにかかってくるようになった。

全棟満室の好条件の物件でも、利回りが十七・五％になるように値段を下げさせることもできた。金額面でも、ある程度なら買い手の条件を呑んでくれたので、面白いように儲けが膨らんでいった。

しかし、少人数私募債は、会社オーナーなど個人の節税効果を狙って発行されることが多く、課税上の問題点の一つとされていた。そのため法改正され、二〇一六年から、私募債の配当金は総合課税になってしまう。

税制が変わるため、修二は手持ちの私募債をすべて二〇一五年で満期にした。税金の支払いなどもかなりあったが、相当まとまったお金が残ったので、それをすべて株に投資した。

泡沫夢幻の株

修二が最初に株をはじめたのは、父の会社を継いですぐだったから半世紀以上前になる。

父に言われてはじめたのだが、個人ではなく会社で売買していた。時代が時代だけに株価の上昇によって、大儲けとまではいかなくても利益を出すことができていた。ただし、それほど興味はなかった。

一九八七年十月十九日に香港を発端として、世界的株価大暴落、いわゆるブラックマンデーが訪れる。

日経平均が三万八九一五・八七円の最高値をつけ、ピークを迎えるのはもっとあと、一九八九年十二月二十九日だったが、修二が会社の金で株の取引を続けているのを知った父は、

「すぐにやめろ」

と忠告した。

このとき修二は、そんなに株に固執していなかったこともあり、父の忠告に素直に従った。それによって、損をする前にやめることができた。思えば、そのときすでに独自の勘のようなものを兼ね備えていたのかもしれない。


とはいうものの、その後は、本業での利益が面白いように上がったし、いろいろな遊びなどに目が行き、株のことはほとんど忘れていた。

株の前に、不動産による資産運用がバッチリ当たり、成城に自宅を新築するにあたり、総工費十億円も難なく出すことができた。

こうした不動産による資産運用の成功で、またなにか新しいことにチャレンジしようと目論んでいた修二は、久しぶりに株でもやるかと思いついた。


今回は、改めて株の勉強を基本的なところ、一からはじめることにした。しかし、勉強したからといって、すぐに順風満帆といくわけではないとも思った。

実際に海外株で数億円の損失を出したことがある。

最近でも株の失敗はある。

最大に悔しい思いをしたのは、コロナに乗じて購入した製薬会社株だ。二〇二二年、円が安くなり、修二はその海外株で一億五〇〇〇万円を儲けるはずだった。その時点で、頭の中では「売れ、売れ」といっているのに、躊躇するうちに年を越してしまった。

その後、コロナが収束したことで株は下がる一方で、一億五〇〇〇万円の利益のはずが、二〇二三年には四三〇〇万円になり、七月十八日には三六〇〇万円にまで下落した。

国内産業の先行き不透明さから、国内株はなかなか食指が動かない修二だが、「証券会社の担当者がしつこくいってくるから半ば仕方なく買ってるようなもんさ」などと、毒づきつつもテレビ六台にさまざまな株関連の番組を録画して全部目を通し、その中で有望な企業を買う。

日本の企業には将来性はないと考える一方で、それでも世界一のシェアを持っている日本企業はまだけっこうあるし、その企業にはまだ伸びる可能性があると考えている。


たまたまある日本メーカーの株に興味を持ったことがある。

それまでの経験から、株価が四八〇円前後なら、もし下がって損をしたとしても金額的にはたかが知れていると予想できた。逆に大化けする可能性だってある。配当を五％出しているのでそのまま持っていれば問題ないと冷静に判断したのである。

大量買いで証券会社には驚かれたが、約三カ月後、証券会社の担当者から興奮した様子で電話がかかってきた。

「真砂会長、株価、八〇〇円超えました！」

「じゃあもう売っていいよ。とっとと売っちまえ」

利益確定ということで即、売るよう指示をした。

証券会社にしてみれば、最初は、

「なんで斜陽とも思える企業の株をこんなに買うの？」

だったのだろうが、最後は、

「なんでこんなに化けるのをわかっていたの？」

という驚きに変わったようだ。


修二のこうした株の買い方は、証券会社にしてみれば不可解のようで、

「真砂会長、どうやってそういう株を見つけてるんですか？　勉強の賜物ですか？」

とは、よく聞かれる。

確かに勉強し直したし、情報収集などの努力もしてはいる。それでも修二は、やはりいちばん重要なのは運を味方につけられるかどうかで、その幸運に近づける可能性が、自分は他人より大きいと確信している部分があった。


いまや凋落の一途の日本という国では、株価は上がっていても、株で大儲けしようというのは、もはや泡沫夢幻なのかもしれない。

株ではいろいろな失敗をした。そのおかげで、株についてとことん勉強した。さらに、経験を積み重ねた。

修二は株についていまはこう考えている。まず、株は売ったり買ったりをなるべく避けること。それから、会社の将来性があるか見極めることも大事だ。配当金を考慮して、長期間保有するのが最も賢い株の運用だと思っている。実際に修二は、株の配当金だけで年間一億ほどの利益を得ている。

家族との確執

日本では「出る杭は打たれる」とよくいわれるが、家族の中でも、誰か突出している者がいれば、なにかとトラブルが多くなる。「骨肉相食む」もよく耳にする慣用句であり、真砂家でも、修二の成功と富は、兄弟や義理の母との関係を悪化させる結果を招いた。

いや、修二にしてみれば、勝手に巻き込まれたという感がある。

その代表格は兄である修一だ。自分より弟の修二が父にかわいがられていたからか、小学校の頃、兄がいじめられているのを修二が助けたにもかかわらず、いつも卑屈な態度をとった。同時に、相当な変わり者だった。

自分の姉のことを「指なし」と呼んだときには、あまりのひどさに修二が、

「姉さんに謝れ！」

と、ボコボコにしたこともあった。

思春期真っ只中に、父が妾をつくるという事態になり、寂しさもあったのだろうとは思う。しかし、父の飼っていたカナリアに当たり散らし、とうとう殺してしまうという残忍さは、信じがたい行為だった。

大人になり、せっかく就職した証券会社も、長くは勤めることができず辞めてしまった。

不憫に思った父が修二の会社に入れるも、プライドの高い兄は、修二に舐めた態度ばかりとり、結局続かない。それでも父が情けをかけ、不動産業を営ませたにもかかわらず、その性格が災いして経営はうまくいかなかった。

とうとう自分たち夫婦が住むマンションから、同居していた母を追い出し、売りに出そうと画策をしはじめた。それが父の耳に入り、このときはさすがに父も激怒した。

その住まいは「長男が親の面倒を見る」という、日本人の古いしきたりにこだわった父が、マンションと、自分が営んでいた居酒屋を長男の名義にして与えたものだった。つまり生前贈与をしていたのだ。

それなのに母親を追い出してまで、金を手にしようという根性が、父は許せなかったのだ。

父の死後、十年もの間、疎遠になった兄と修二を仲直りさせたのは、姉の貴子だった。姉の計らいで再会し、せっかく仲直りしたはずだった。しかし、修二の豪邸を見たとたん、兄はまた金への執着心がわき上がったのか、修二が父の財産を不当に得たといい出し、裁判沙汰にしたのである。

六年半もの係争を経て裁判が結審し、結局、兄は自分の財産をほぼなくしてしまった。そんなことになったのは、悪徳弁護士の口車に乗せられた部分もあったことは重々承知していたが、もはや修二は兄との縁を完全に切ると決断した。

一方、七歳年下の弟、修三は、子どもの頃は兄の修二のまねばかりし、そのあとも兄がバンドをはじめると自分も見よう見まねではじめるなど、兄に憧憬の念を持っているようだった。

それが、修二の跡を継ぎ、真砂興業の社長として高給取りになると、今度は修二の高級車に対抗し、人気のクラシックカーを購入するようになる。

彼もまた父の不倫によって、幼い時期、本当の家族と過ごす時間が少なく、そうしたことが大人になっても影響しているのかもしれない。


姉とは、概ね良い関係であったが、一時期、彼女の息子が修二の会社で働いていた頃、同僚などからいじめに遭っていると恨み言を口にしたことがあった。早くに夫をなくし、金はあっても大変な面もあったのだろうと、修二は思い、いろいろ不問に付したが、それはそれで良かったと思っている。

姉は八十近いが、カラオケの先生として人生を謳歌していると聞くと、修二はどこかでホッとしている自分がいることに気づくのだった。

女難の相はいつまで続く

人間関係では、家族以外にも困り果てたことがあった。いまでいうストーカー女のことだ。

あれはまだ、真砂興業の社長をやっていた頃だ。

二歳年上の江波という事務員につきまとわれたことがあった。ちょうどアナログ方式の自動車電話が登場した頃だった。

クルマでの移動の際にはいつも、修二のことを「ボス」と呼び、信頼を寄せていた部下の橋爪を隣に乗せていた。そうすると毎回のように江波から「社長を出してください」との電話がかかってくる。電話に出ると、大した用ではない。

あまりにもしつこいので、橋爪に、

「あまり邪険にはできないから、用件だけおまえが聞いておけ」

と頼んだ。

いちばん気が重かったのは、修二が事務所にいるときだ。彼女が気配を消して近づき、修二が気づいたときには、いつの間にか後ろに立っていることがよくあった。陰で彼女を「幽霊」や「お化け」と呼んでいたくらい忌み嫌っていたが、それは彼女には届かず、状況は変わらなかった。


ほとほと困り果てた修二は、人助けだし、期間限定だからと嘘をついて江波を説得し、近所にある知り合いの会社に事務員として派遣することを承諾させた。

仕事はできたし、字が抜群にきれいだったので、それまで事務をして奥さんが腱鞘炎で働けなくなり困っていた知人は大喜びした。最初に提示したより高額の給料を支払い、雇用期間も騙し騙し延長を続けていたが、その会社の昼休みになると、修二の社長室が見える土手まで毎日のようにやってきていると社員から聞いた修二は背筋が寒くなった。

ちょうど新会社を立ち上げて、八丁堀の伯母のマンションに新設した事務所に移ることが決まり、緘口令をしき、これでやっと江波から解放されると思ったのもつかの間、どうやって突き止めたのかはわからないが、八丁堀までも来るようになった。

「江波が来ても、絶対にドアを開けるんじゃねえぞ。俺はいないといえ」

と社員には指示していたが、あるとき、

「これ、私が編んだ手編みのセーターです。社長に渡してください」

と言い残し、留守中に置いて行ったという。

「こりゃ、ダメだ」

と思った修二は、使い続けていた自動車電話も、ほとぼりが冷めるまでは、

「この電話は、前の人から譲ってもらったので、自分は全然関係のない人間だ」

と橋爪に言わせることにした。

紹介した会社を突然辞め、田舎に帰ったと聞いたとき、修二は心底ホッとした。

幸せをくれる最高な面々

改めて交遊関係について思い起こしてみると、実の兄とは関係がずっと悪い反動だったのか、牛乳店の井口のお兄さんや、バイクを教えてくれた菊池のお兄さんは、長い間会ってはいないが、思い出すのは楽しい思い出ばかりだ。

子どもの頃から「ウケればなんでもするヤツ」を見つけるのがうまかった。彼らのひょうきんさを愛してさえいた修二は、大人になってもその点は変わらず、周囲にいつも取り巻きとしてそんなヤツがいた。すでに物故者となってしまったが、真砂家の飼い犬のクソを喰ったシロウちゃんも、そんな一人だった。

友人たちには、ほかにも学やたっちんなど、物故者も多くなってきた。

「人は二度死ぬ。それは肉体の死と、誰からも忘れ去られたときである」

という名言がある。

（俺が生きていて思い出す限り、学にもシロウちゃんにも、まだ二度目の死は訪れていない。それでは俺自身はどうだろう）

と修二はときどき考える。

最初は好印象ではなかった黒崎とは、昨日、電話で話したばかりだし、慎太郎ともいつでも気軽に電話ができる間柄だ。バンドのメンバーはまだ存命な者も多い。

彼らはもし俺が死んだら思い出してくれるだろうか……。

人は死ぬとき、それまでの自分の人生が走馬灯のように見えるという。

その最期の瞬間、「ああ、俺の人生、面白かったなあ」と思いながら、この世とおさらばしたいものだと、修二はつくづく思うのだった。

終章

修二には、お気に入りの万年筆があった。ドイツのモンブラン製で、アガサ・クリスティー仕様の数十万円もする代物だ。その万年筆で今朝、なんの気なしに「諸法無我」と書いた。

仏教系の大学に入って唯一（というのは大袈裟だが）良かったことは、こうした言葉がスッと出てくることだ。

「諸法無我」とは、お釈迦様の教えの中でも「一切皆苦」「諸行無常」「涅槃寂静」とともに基本となるもので、「すべてのものごとは、互いに影響をおよぼし合う因果関係によって成り立っているものであり、なに一つ単体として存在するものなどない」という真理だ。

人間は、自然環境と同様、絶妙なバランスの中で成り立っている。少なくとも、人間だけのためにこの地球があるのではないという気持ちは持たねばならない。もう遅過ぎるかもしれないが、それでもいつしか、地球のために自分にできることがないかと考えるようになっていた。

「ノブレスオブリージュ」ほど気取ったものではないし、ビル・ゲイツほど大規模なものではないが、いま考えているのは、これまでかかわってきた生コンやセメント、建築資材や交通関連の機器などの数々の問題点を調査・検討し、改善をはかる公益法人の設立だ。

環境に良くないと悪者にされてきた我が業界も、もっと早くからきちんとした知識と知恵、制度を的確に採用すれば、もっと発展できただろうにとも考える。

できれば、一般社団法人ではなく、難易度が高くても一般財団法人にしたい。そして、専門家を集め、真摯に問題に向き合って、「正義は勝つ」ことを指し示したいのだ。

もし自分が手伝えることがあれば、たとえば生コンやセメントの話ならいくらでもするし、正義として、己の二百年コンクリート説に賛同してくれる骨のある学者になら、金をつぎ込む覚悟がある。

「こんなことを俺がいってるのを聞いたら、天国や地獄にいるあいつらや、面倒ばかりかけた先達たちはどんな顔をするだろう？」

それはまた会ったときに聞けばいいだけの話だ。


ただし、昨今の大学へ、さまざまな方面からの締めつけが強くなっている状況を考えれば、理論をきちんと構築してくれる学者、そして本当に日本の未来を考えてくれる人物を見つけるのは至難の技であり、行き着くのはいつもこうした思いである。

「それが実現できない日本に未来はあるのだろうか？」


先日、中学の同級会に参加した際、クラスメートだった女性が、

「真砂さん、あなたはいま、幸せ？」

と唐突に聞いてきた。

修二は面食らった。適当にはぐらかし、別のグループと話していると、またそこにやってきて、

「真砂さん、ちゃんと答えて。あなたはいま、幸せなの？」

そのあとも何度も問うてくる。

もしかしたら、いま、それを自分で自身に問う時期が来たのかという思いがチラッとよぎった。

——俺はこれまで、そのときどきで、やりたいことをやって、自分の思うがままに生きてきた。それを後悔はしていないし、自分の人生は愉しいものだった。

ただ、たくさんのケガや病気をし、手術も複数回経験してきた。そして新型コロナのパンデミックは、やはり自分の「死生観」を変えた気もしている。


「無知は罪だ」

最近の修二は、折につけ、この言葉が口癖になっている。

生コンクリート業界やセメント業界、そのあとに手を染めた不動産や株の世界でも、成功を収めることができたのは、やはり、その都度その都度、情報を得たり勉強したりした成果だと自負している。

「知識がないから、騙されたりバカにされたり、間違った情報を鵜呑みにする。みんな、もっと勉強しようよ。正しいことを見つけたらちゃんと声を上げようよ。広い世界を知って、自分の生きる道を見つけようよ」

やんちゃをし尽くした身としては、少し面映ゆい気もするが、この声が多くの人に届くようにと願う修二であった。

傷だらけの幸せ？

2024年4月11日発行　初版第1刷
著者：飛鳥

発行所
株式会社リョーワ
〒211-0051 神奈川県川崎市中原区宮内1丁目22番7号
TEL：044-750-9917

発売所
株式会社出版文化社
〒104-0033
東京都中央区新川1-8-8アクロス新川ビル4階
TEL：03-6822-9200
FAX：03-6822-9202
E-mail：book@shuppanbunka.com

印刷・製本
株式会社広済堂ネクスト

ISBN978-4-88338-716-8-C0093